KB109900

꿈의
파편

꿈의 파편

발행일   2021년 7월 2일

지은이   최도설
펴낸이   손형국
펴낸곳   (주)북랩
편집인   선일영   편집   정두철, 윤성아, 배진용, 김현아, 박준
디자인   이현수, 한수희, 김윤주, 허지혜   제작   박기성, 황동현, 구성우, 권태련
마케팅   김회란, 박진관
출판등록   2004. 12. 1(제2012-000051호)
주소   서울특별시 금천구 가산디지털 1로 168, 우림라이온스밸리 B동 B113~114호, C동 B101호
홈페이지   www.book.co.kr
전화번호   (02)2026-5777   팩스   (02)2026-5747

ISBN   979-11-6539-834-7 03810 (종이책)   979-11-6539-835-4 05810 (전자책)

잘못된 책은 구입한 곳에서 교환해드립니다.
이 책은 저작권법에 따라 보호받는 저작물이므로 무단 전재와 복제를 금합니다.

(주)북랩 성공출판의 파트너

북랩 홈페이지와 패밀리 사이트에서 다양한 출판 솔루션을 만나 보세요!

홈페이지 book.co.kr   •   **블로그** blog.naver.com/essaybook   •   **출판문의** book@book.co.kr

작가 연락처 문의 ▶ ask.book.co.kr

작가 연락처는 개인정보이므로 북랩에서 알려드릴 수 없습니다.

꿈의 파편

최 도 설 장 편 소 설

북랩 book Lab

이별을 이겨 내기 위한 방이 기제로써
종종 자발적 기억상실을 꿈꾼다.
그러면 순수했던 과거로의 여행이 가능해지고
어린 시절 상상 속 동물을 만나기도 한다.

목차

일러두기

- **골굴사**: 경주 함월산에 위치한 사찰로, 불교 전통 무예 선무도禪武道
  의 총본산이다. '한국의 소림사'라는 별명이 있다. ─ 위키백과

- **선무도**: 본래는 불교금강영관佛敎金剛靈觀이라 해서 부처님 당시부터
  전수되어 온 수행법이다. 깨달음을 위한 실천 방법으로 인도에서 오
  랫동안 이어져 내려오던 요가와 명상을 아우르는 관법수행이다.
  1960년대 양익兩翼 스님이 흩어진 관법수련을 체계화해서 이를 승가
  에만 전수했는데, 1970년대에 적운寂雲 스님이 전수받아 대중 포교
  를 위해 1985년도부터 '선무도'라고 칭하게 되었다. ─ 한국민족문화대백
  과사전

- **틸리쿰**: 1983년 아이슬란드 해안에서 포획된 범고래로 '틸리'라는 별
  명을 갖고 있다. 포획 당시 나이는 두 살로 추정되며 대부분의 삶을
  씨월드 올랜도SeaWorld Orlando에서 보냈다. 2017년 1월 6일 박테리아
  감염으로 사망했다고 보도되었다. ─ 위키백과

- **고래 배 속에서 나온 어부**: 울산에 전해 내려오는 설화를 저자가 각색
  한 것이다.

※ 소설 속에 등장하는 일부 스님의 법명은 당사자 동의하에 실제 법명을 사용하였다.

기억, 망각, 생각, 보고 듣고 말하는 것
만나는 사람과 하는 일, 시시때때로 변하는 감정
과거, 현재, 미래, 꿈, 이별.
모두가 삶의 파편이다.

1. 고독

꿈 I

마침내

녀석이 수면 위로 치솟았다.

허공에 드러난 녀석의 거대한 자태가 적나라하다.

잠시 후, 작열하는 태양을 향해 다시 한번 솟구쳐 오른다.

이내 새하얀 물보라 속으로 사라진 녀석은….

"별일 없는 거지?"

"별일 없어. 형은?"

"똑같지, 뭐."

"참, 형! 나 새로운 글 쓰려고. 이번엔 자료 수집하는 데 시간이 좀 걸리네."

"무슨 이야긴데?"

"범고래 '틸리쿰'이라고. 고래 이야기야. 우연히 기사를 봤어. 틸리쿰

사망 기사. 틸리쿰은 두 살 무렵 포획돼서 미국 씨월드에 오게 된 녀석이야."

"틸리쿰?"

"어. 형도 한번 검색해 봐. 녀석은 세 명의 인명 사고와 관련되어 있어. 1991년 조련사 켈티 번 사망, 1999년 일반인 대니얼 듀크스 사망, 2010년 조련사 돈 브랜쇼 사망."

"흥미롭다고 말하면 내가 너무한 건가?"

"글쎄, 내 입장에선 듣기 싫은 말은 아니지. 아무튼, 33년을 수족관에 갇혀 지내다 지난 1월 세균 감염으로 죽었대. 바다가 고향인 녀석한테 33년 동안의 수족관 생활이라니…. 형, 나는 틸리쿰에게 생명을 불어넣어 주고 싶어."

"재밌겠는데!"

"그치?"

청년은 잠에서 깨어 우두커니 병상 침대에 앉았다. 꿈속에서 거대한 물체를 본 것 같기도 하고 형과 통화한 것 같기도 하다. 기억이 흐릿하다. 꿈이 아니라 잠결에 어떤 생각을 했던 것인지도 모르겠다.

청년은 복도로 나갔다. 간호사에게 A4 한 장과 볼펜을 빌렸다. 침대로 돌아온 그는 커튼을 쳐서 병상을 가리고 옷을 갈아입었다. 환자복은 침대 위에 개어 두었다. 그러곤 병상 간이 테이블을 펼치고 펜을 들었다.

입산

　먼저 그쪽과 저, 둘 중 한 명은 기억에 적지 않은 착오가 있는 것 같습니다. 제 생각과 기억이 전부 옳다고 말씀드릴 수는 없습니다. 하지만 제가 돌이킬 수 없는 기억상실일 가능성이 있다는 그쪽의 말을 저로서는 도저히 받아들이기 어렵습니다. 병상에 붙은 저의 정보가 틀려서 여러 차례 수정을 요구했으나, 그쪽과 병원 측이 극구 거부한 것도 이해할 수 없는 일입니다.

　무엇보다도 제가 지금 있어야 할 곳은 여기 병상이 아닙니다. 살다 보면 곤혹스럽고 이해할 수 없는 일이야 언제든 누구에게나 있을 수 있지만, 이번 일은 정도가 심하다는 생각이 듭니다. 더 이상 '대체 내게 왜 이런 터무니없는 일이?'라는 의문만 품고 있을 수는 없습니다.

　며칠간 저에게 호의를 베풀어 주신 것과 부탁드렸던 제 소지품, 옷가지, 백팩, 게다가 여비까지 챙겨 주신 것에 감사드리며⋯.

　2월 14일 오전 7시경. 청년은 침대 위에 메모를 남기고 태연히 병실을 나섰다. 1층 입·퇴원 수속 창구 역시 태연히 지나쳤다. 퇴원 수속을 밟지 않았다. 그는 곧바로 동서울시외버스터미널로 향했다.

　같은 날 오후 3시. 경주시외버스터미널에 도착한 청년은 108-1번 버스를 타고 40여 분가량을 달려 안동삼거리에서 하차했다. 하차 후 도로 표지판을 따라 어딘가를 향해 걷기 시작했다. 도로 갓길을 걷던 그는 이 길이 분명 처음인데 이상하게 친숙하다는 생각을 했다. 그것도 여러 번.

'골굴사.'

10분 남짓 걸었을 때 커다란 바위에 세로로 새겨진 사찰 이름이 저 앞에 보였다. 청년은 그곳으로 향했다. 골굴사에 도착한 뒤, 먼저 종무소에 들렀다. 사무장에게 용건만 말하고 거기엔 오래 머무르지 않았다. 그는 종무소 뒤편 공터를 서성였다. 그곳에는 나이가 좀 들어 보이는 백구 한 마리가 있었다. 백구는 턱을 바닥에 대고 청년의 걸음걸이를 따라 게으르게 시선을 움직였다. 백구와 눈이 마주치자, 청년은 아까 있었던 신기한 일을 복기했다.

'대략 20분 전이다. 양북면 안동삼거리에서 하차해서 이곳까지 걸어왔다. 일주문[1]이 내 시야에 들어왔을 때 저 백구가 일주문에서 껑충 껑충 뛰고 있었다. 마치 나를 환영하는 행동이라 착각할 만한. 녀석은 내가 일주문에 다다를 때까지 제자리에서 뛰는 것을 멈추지 않았다. 나는 전에 녀석을 본 적이 한 번도 없다. 골굴사가 처음이니 당연하다. 저 백구의 행동은 낯선 사람에게 으레 보이는 녀석의 습성인가.'

"처사님, 주지 스님이 올라오시랍니다."

---

1 일주문—杜門: 사찰로 들어가는 첫 번째 문.

갈색 승복을 입은 행자[2]가 종무소 뒤편으로 내려와 청년에게 말했다.

"아, 네."

청년은 나지막이 대답하며 쓰고 있던 모자챙을 살짝 들어 올렸다. 그는 갈색 승복을 입은 행자의 뒤를 따랐다.

청년을 안내하는 행자는 자신을 강 행자라 소개했다. 강 행자는 여러 차례 뒤돌아보며 싱글벙글 미소 지었다.

"처사님, 검은 모자가 참 멋있어요! 처사님은 어디서 오셨어요? 처사님, 키가 크시네요! 출가하실 생각이신가요?"

청년은 대답을 주저했다. 그사이 강 행자는 연이어 질문을 던졌다. 그는 청년을 "처사님"이라 불렀다. 절에서는 남자에게 '처사'라는 호칭을 쓰는 것 같았다.

청년의 대답이 없어도 강 행자는 별로 신경 쓰지 않았다.

가파른 오르막길 끝에 돌계단이 있었다. 강 행자와 청년은 그 계단을 올라, 주지 스님의 처소 문 앞에 이르렀다.

"스님, 처사님 모시고 왔습니다."

강 행자가 말했다.

"그래, 왔나?"

주지 스님의 목소리였다.

강 행자는 방문을 열고 스님께 합장 반배[3]한 후 스님 앞에서 세 번

---

2 행자行者: 출가하여 아직 계를 받지 못한 불교 수행자.

3 반배半拜: 고개와 허리를 약간만 구부려서 가볍게 하는 인사.

절을 했다. 청년은 그것이 절의 예법임을 알아차리고 강 행자를 따라 하려 했다.

청년이 검은 모자를 벗고 어깨에 메고 있던 가방을 내려놓았다. 그리고 어정쩡하게 무릎을 꿇었다. 그러자 스님의 굵은 목소리가 청년의 다음 동작을 막았다.

"젊은이, 그냥 거기 편히 앉으시게."

스님은 청년의 어색한 예의를 거두게 했다.

"강 행자는 나가 있지?"

스님이 말했다.

"예, 스님."

강 행자는 밖으로 나갔다.

스님과 청년만이 방 안에 남았다.

스님은 자신을 '적운'이라 소개했다. 적운 스님은 사이사이 짧은 정적을 가지면서 여러 이야기를 했다. 청년 또한 스님의 물음에 답하며 간간이 자기 자신과 자신의 계획에 대해 말했다.

스님은 대화를 마무리하기 전에, 저 위에 관음굴법당이 있는데 그곳에서 삼천배三千拜를 한 다음 다시 보자는 말을 청년에게 건넸다.

스님과 청년의 만남이 이어지는 동안 강 행자는 내내 문밖에 있었다. 그는 팔짱을 끼고 왔다 갔다 하다, 갑자기 발차기를 하는가 하면 목과 무릎관절을 돌리며 스트레칭 하기도 했다. 강 행자는 그렇게 스님의 호출을 기다렸다.

"강 행자!"

마침내 스님이 강 행자를 찾았다.

"예, 스님!"

강 행자가 문을 열고 안으로 들어왔다.

"여기 처사님한테 관음굴법당 안내해 주고, 예법이든 규율이든 자네가 일러 줄 수 있는 건 다 일러 주도록 해. 차근차근."

"예, 스님."

"강 행자, 그리고…"

스님은 강 행자에게 몇 가지 하명을 더 했다.

청년은 강 행자를 따라 주지 스님 방을 나왔다.

"처사님, 저기가 관음굴이에요."

주지 스님 방문 바로 앞에서 강 행자의 왼손이 좌측 상단을 가리켰다. 청년은 강 행자의 손이 향하는 곳을 바라보며 미간을 찌푸렸다.

"처사님, 어디 불편하세요?"

강 행자의 물음에 청년은 고개를 갸웃했다.

"처사님 표정이 갑자기 안 좋아 보여서 여쭤본 거예요."

"아, 제가 햇빛을 바로 보지 못해요. 어려서부터 그랬어요. 오해하지 마세요."

청년은 미간을 찌푸렸을 자신의 표정을 의식했다.

"…"

"강 행자님! 강 행자님이라고 부르면 되나요?"

청년은 친근한 어조로 말했다.

"예, 처사님."

이후, 둘의 대화는 한동안 이어졌다. 청년은 주로 듣는 편이었고 강 행자는 말이 좀 길었다.

청년은 자기 이름이 '이도익'이며 경기도 오산이 고향이라 했다. 강 행자는 경주 출신으로, 지금까지 경주를 벗어나 본 적이 없었다. 그는 어려서부터 운동에 소질이 있었다. 좋아하기도 했다. 그래서 검도, 합 기도, 무에타이 등 안 해 본 격투기가 없었다.

강 행자는 해인사 강원에 들어가 수행과 교학에 전념하고 싶다, 라 는 말을 하기도 했다. 자신의 이름이 촌스러워 말하고 싶지 않다거나, 가방끈이 짧아서 아는 게 많지 않다는 이야기도 덧붙였다.

만난 지 불과 한 시간도 안 되어 둘은 무척 가까워진 듯했다. 초면 에 거침없이 자신의 이야기를 털어 내는 강 행자 덕분이었다. 청년 이 도익은, 무릇 친해지려면 자신을 먼저 드러내야 한다는 말이 맞는가 했다. 낯선 장소와 사람 그리고 낯선 공기로 생겨난 이도익의 긴장감 과 경계심은 이미 누그러졌다.

강 행자와 이도익은 조금 전에 올라왔던 길을 내려가며 이야기를 계 속했다.

공양간[4] 바로 위쪽에 2층 건물이 있었다. 그곳이 주지 스님을 제외 한 다른 스님들, 행자들 그리고 처사들이 기거하는 요사채다. 1층과 2

---

4 공양간(供養間): 절의 부엌, 승려가 식사하는 곳.

층에 문이 여러 개 있었다. 강 행자는 이도익을 그 건물 2층 조그만
방으로 안내했다. 이도익은 방에 발을 들이고 가방을 내려놓았다.

"강 행자님, 여쭤볼 게 있어요."

이도익이 갑자기 돌아서서 강 행자를 붙들듯 말했다.

"네, 말씀하세요."

"백구 있잖아요?"

"백구? 아, 동아 말씀하시는구나."

"동아?"

이도익이 자기도 모르게 되물었다.

"네, 동아. 우리 절에 백구는 동아밖에 없어요, 진돗개예요."

"…"

'동아'라는 이름을 듣는 순간 어떤 기억이 이도익의 뇌리를 스쳤다.
동아, 이름이 귀에 익었다. 이도익은 갑자기 눈앞이 아찔하면서 현기
증이 났다.

"처사님, 괜찮으신 거죠?"

"네, 네. 버스를 오래 타서 목덜미가 뻣뻣한 것 말고는…."

이도익이 손으로 목덜미를 주무르며 말했다.

'사춘기 이후 처음이다.'

이도익은 문득 조금 전 현기증이 사춘기 이후로 처음 느낀 것임을
깨달았다.

"근데 저한테 여쭤보실 게 있다고 하시지 않았어요?"

"아, 아까 그 동아가 글쎄 일주문에서 껑충껑충 뛰면서 저를 반겨 주더라고요?"

"그럴 리가요? 동아는 뛰지 못해요. 요즘엔 요 아래 공터에서 종일 웅크리고만 있는데요. 병이 있어요. 치매. 사람으로 치면 나이가 80, 90이 넘을걸요."

'그럴 리가요?'라는 물음이 이도익의 머리와 입에서 맴돌았다. 당황 스러웠다. 그러나 이도익은 감정을 드러내지 않았다. 겉으론 침착했 다. 더 이상 동아에 대해 묻지 않기로 했다.

강 행자가 가고 나서야 이도익은 바닥에 앉았다. 벽에 등을 기댔다. 벽에는 옷걸이로 사용되는 것으로 보이는 기다란 대나무가 가로로 걸 려 있었다. 귀퉁이에는 조그만 좌식 책상 하나가 있었다. 책상은 이도 익의 뻗은 발끝에 닿았다. 이도익은 벽에서 등을 떼고 책상 앞으로 몸 을 기울여 손을 뻗었다. 책상 모서리에 손바닥 크기의 책 한 권, 아니 책이라기엔 뭔가 허접한 종이 묶음이 있었다. 이도익은 그것을 펼쳤 다. 앞표지와 뒤표지가 없었다. 일부 페이지가 찢어져 소실되었다. 제 본된 영어 원서로 보였다.

"처사님, 안에 계세요?"

못다 한 말이 있는지 강 행자가 다시 이도익을 찾았다.

"네, 강 행자님."

이도익은 손에 쥔 책을 내려놓고 방문을 열었다.

"처사님, 방이 너무 작지요? 한 평도 안 되지 싶어요."

"아닙니다. 혼자 쓰기 딱 좋은걸요."

"뭐, 필요하신 거 있으면 언제든 말씀하세요. 여기 바로 아래 1층이 제 방이에요."

"아, 알겠습니다. 감사합니다. 근데 강 행자님! 여기…."

"여기 뭐요?"

"아무것도 아닙니다."

이도익은 방 안에 있던 표지 없는 책에 대해 물어보려다 말았다. 온전한 책이 아니라는 것을 구실로 자신이 갖고 있을 셈이었다. 읽어야겠다는 욕심이 슬그머니 생겨났다.

"아 참, 이거 백팔 염주예요."

강 행자가 기다란 염주 목걸이를 꺼냈다.

"삼천배 할 때 필요한 건데요, 한 번 절할 때마다 이렇게 이렇게 하는 거예요. 한 바퀴 돌리면 백팔배百八拜가 되죠."

강 행자는 엄지손가락으로 염주 알을 하나씩 오른쪽으로 넘기며 말했다. 그리고 그 염주 목걸이를 이도익에게 건넸다.

"처사님, 저 검은 모자 제가 써 봐도 될까요?"

강 행자가 방바닥의 모자를 보고 생뚱맞은 말을 했다.

"모자요? 자, 여기요."

이도익은 스스럼없이 강 행자에게 모자를 건넸다.

강 행자는 요리조리 모자를 살핀 다음, 그것을 써 보았다. 이도익의 검은 모자가 마음에 드는 모양이다. 이도익은 강 행자의 그런 모습이 귀여웠다.

강 행자는 싱글벙글 미소 지으며 절에서의 하루 일과, 합장과 절하는 법, 공양[5]할 때 주의할 점 등을 이도익에게 일러 주었다. 강 행자는 요사채 이곳저곳 구조도 설명해 주었다. 이도익은 화장실이 요사채 건물 안에 있다는 사실이 무척 반가웠다.

입산을 결심했을 때 이도익은 절의 엄격한 규율과 생경한 생활에 잘 적응할 수 있을지도 염려되었었지만, '화장실이 숙소와 멀리 있거나 재래식 화장실이면 어떡하지?'라는 다소 쓸데없는 걱정도 했었다.

"이 처사님, 우리 앞으로 친하게 지내요."

방을 나가면서 강 행자가 씩 웃었다.

쌍꺼풀 없는 가는 눈매, 빠른 걸음걸이, 삭발한 두상이 돌아선 강 행자의 등 뒤에 여운으로 남았다. 강 행자의 돌아선 모습은 그의 쾌활한 말투나 밝은 미소와는 거리가 있었다.

이도익은 방문을 닫고 다시 책을 집어 들었다.

책 제목이 궁금했다. 오른쪽 페이지 하단에 'A Whale's Poem'이라고 쓰여 있었다. 다른 페이지도 똑같다. 제목이 아마 『A Whale's Poem』일 것이다. 이도익은 25페이지를 읽기 시작했다. 25페이지 이전의 내용은 소실되어 없었다.

---

5 공양供養: 절에서 음식을 먹는 일.

고독

모든 생물은 행복을 원해. 고통이나 고난을 바라지는 않아.

수백만 년 바다를 지배하며 군림해 온 우리에게 행복은 당연하다 여겨졌어. 더 큰 행복을 쟁취하기 위해 갖은 수단을 사용했지. 우리가 만들어 내는 물살이 닿지 않는 곳이 없었어. 두려움이란 것이 없었지.

내가 두 살 때였어. 그때 우리는 최초의 시련을 겪게 돼. 그로 인해 '고독'에 대해 생각하게 됐어. 그때까지 '고독'이란 말은 우리가 경험하지도 쓰지도 않던 단어였거든. 고대의 언어였지. 말하자면 아주 오래전에 존재했으나 사라진 말.

우리는 물 위를 떠다니는 거대한 물체의 악랄한 공격을 받았던 거야. 우리는 그들을 '움직이는 화난 섬'이라 불렀어. 후에 그것이 인간이란 종족에 의해 만들어졌다는 사실을 알게 됐어. 여하튼 그들의 공격은 끊이지 않았고, 점점 과격해졌어. 피할 수 없었지. 희생은 우리 몫이었어. 우리는 순식간에 수많은 동료와 부모를 잃었고 이전에는 단 한 번도 겪어 보지 못한 슬픔과 절망에 휩싸였지.

이상한 것은 그때부터 할 말을 잃어버린 어른들이 각자, 자신의 내면을 들여다보게 되었다는 거야. 그것이 바로 고독의 시작이었어. 새로운 행복을 찾기 위해서는 고독의 시간을 거쳐야 한다는 것을 안 것이 그때였어. 고독은 자발적인 외로움, 명상과도 같았지.

비록 외부 충격으로 촉발되었지만, 세상과 그리고 동료와의 단절된, 짧지 않은 시간의 의미는 컸어.

너희가 기억할 것이 있어. 그건 어떤 사건도 모든 면에서 안 좋거나 부정적인 경우는 매우 드물거나 불가능하다는 사실이야. 우리가 겪은 그때의 사건도 그랬어.

—『고래의 시』 중에서

이도익은 영문학을 전공했다. 학부 시절 자격증 하나 따자는 의도로 교직을 이수했었다. 그 후 몇 가지 직업을 거쳐 솔잎 먹는 송충이처럼 영어 교사가 되었다. 그에게 영어는 학생들과의 소통 수단이자 밥벌이 수단이었다. 허접한 영어 원서가 그런 그에게 한밤중의 적적함을 달래는 데 요긴하게 쓰일 것 같았다.

이도익은 스마트폰 화면의 시간을 체크했다. 오후 6시. 공양간으로 향했다.

"강 행자님, 공양하셨습니까?"

이도익이 공양간 앞에 서 있던 강 행자를 보고 물었다.

"예, 저는 먼저 했습니다."

강 행자는 검정 양복을 입은 어떤 건장한 사람과 얘기 중이었다. 공양간 앞에 검정색 대형 세단이 있었다. 양복 입은 사람의 것으로 보였다.

이도익이 저녁 공양을 마치고 나왔을 때 검정색 세단은 가고 없었다. 그는 양치만 하고 바로 가파른 길을 따라 법당으로 올라갔다. 저녁 예불을 드리기 위해서였다. 이 가파른 길은 아까 주지 스님을 뵈러 올랐던 길이다. 이도익은 앞으로 이 길을 매일, 적어도 대여섯 번은 오르락내리락하게 될 것 같았다.

법당 안은 저마했다. 소리가 날까, 숨을 쉬는 것도 조심스러웠다. 강행자는 법당 맨 앞에 무릎을 꿇고 꼿꼿하게 앉아 있었고 주지 스님 옆에는 뒷목이 매우 가냘픈 스님이 있었다. 그 스님의 목이 너무 가늘어, 뒷모습을 바라보는 이도익이 오히려 불안할 지경이었다.

30분의 시간이 흘러 예불은 끝났다. 이도익은 법당을 나와 관음굴로 향했다. 관세음보살을 주불로 모시는 그곳은 8, 9미터 깊이의 동굴이었다. 동굴 입구에 가람⁶을 조성해 지은 굴법당이다. 그곳에 들어서자 신비로움과 두려움이 교차했다. 이도익의 삼천배는 그날 저녁 시작됐다.

절을 한 번 할 때마다 백팔 염주의 알을 엄지손가락으로 하나씩 넘겼다. 백팔 염주를 다섯 번 돌렸다. 오백마흔 번의 절을 했을 뿐이다. 돌계단을 밟고 내려오는데 다리에 힘이 풀려 버렸다. 자기 몸인데 마음대로 움직여지지 않았다. 이도익은 헛웃음이 나왔다. 아이처럼 아장아장, 엉거주춤하며, 커다란 달이 하늘에 걸려 있는 줄도 모르고 내려왔다.

---

6 가람(伽藍): 승려가 살면서 불도를 닦는 곳.

낯선 곳에서의 첫날 밤이 언제나 그렇듯 이도익은 그날 밤 쉽게 잠들지 못했다. 안 쓰던 다리 근육이 묵직했던 탓도 있었다. 내일 아침 허벅지에 알이 밸 것이다. 새벽 1시. 그리고 2시. 이도익의 스마트폰 디스플레이 불빛이 여러 번 조그만 방 안을 밝혔다.

삼천배

새벽 4시 16분.

똑똑똑!

"이 처사님, 어서 법당으로 올라오세요!"

강 행자가 방문을 두드리며 재촉했다.

"아, 네!"

이도익은 전등을 켰다.

새벽 예불은 4시 30분에 시작된다. 이도익은 소스라쳤다. 4시 16분. 여유가 없다. 첫 새벽 예불부터 늦으면 사람들이 뭐라 생각할까 싶어 이도익은 마음이 급해졌다.

이도익은 낯선 곳에서 잠을 잘 때마다 이상하게 긴장이 되어 쉽게 잠들지 못했다. 새벽잠도 사라져서 이른 새벽이면 자동으로 눈을 뜨곤 했었다. 이도익은 그런 긴장감을 믿고 제시간에 일어날 거라 확신했던 자신을 나무랐다.

오르막길을 뛰어 올라갔다. 이도익은 정확히 4시 30분이 되어서야 법당 문을 열 수 있었다. 헉헉대는 그의 거친 숨소리가 법당 안을 채웠다. 힘겹게 가쁜 숨을 억눌렀다. 법당에 고요히 앉아 있는 절집 식구들의 보이지 않는 시선이 느껴졌다.

삼배三拜하고 무릎을 꿇고 앉으니 뻑뻑한 통증이 허벅지에 차올랐다.

예불은 삼배로 시작해 삼배로 끝나고 침묵으로 시작해 침묵으로 끝났다.

예불이 끝난 후에는 모두 벽을 향해 가부좌를 틀고 앉았다. 불이 꺼지고 스님의 죽비 소리가 울렸다. 죽비 소리는 좌선[7]의 시작을 알리는 신호였다. 그러자 모두 비슷한 길이와 템포의 "스~" 소리를 내며 세 번 숨을 길게 토해 냈다. 주지 스님은 후에 이것을 좌선에 들기 전 호흡과 마음 그리고 몸을 일체화시키는 '삼토식'이라 했다.

좌선을 시작한 지 얼마 지나지 않았을 때였다. 이도익은 몸 이곳저곳이 불편했다. 몸을 꼼지락거렸다. 가늘게 실눈을 떠서 주변을 살폈다. 자신을 빼고는 전부 삼매[8]에 빠진 것 같았다. 시간이 지날수록 이

7 　좌선坐禪: 가부좌를 하고 앉아서 무념무상의 상태에 들어가는 참선의 한 방법.

8 　삼매三昧: 잡념을 버리고 한 가지 대상에만 집중하는 경지.

도익은 좀이 쑤셔 죽을 맛이었다. 발목, 무릎, 허리, 등, 어깨까지 불편하지 않은 곳이 없었다. 소리가 날까 싶어 속 시원히 다리를 뻗지도 못했다. 거의 분 단위로 꿈틀대며 한 시간의 새벽 좌선을 간신히 버텼다. 앞으로가 문제였다. 새벽마다 해야 할 좌선이 그는 걱정되었다.

이도익은 방으로 향하지 않았다. 일주문까지 걸어갔다가 바로 공양간으로 향했다.

아침 공양을 마치고 이도익이 삼천배를 하기 위해 다시 계단을 올라갈 때였다. 저기 계단 위쪽에 물구나무서서 계단을 오르는 사람이 있었다. 그는 손바닥이 아닌 주먹으로 땅을 짚고 있었다.

강 행자였다. 100여 개의 계단 끝에 이르자 바로 서서 몸을 툴툴 털었다. 그러곤 매우 빠르게 좌우로 옆차기를 했다. 서너 번 더 날렵하게 그의 양발이 좌우 허공을 갈랐다.

이도익이 강 행자의 수련에 방해될까 싶어 인기척이 느껴지지 않도록 조용히 계단을 밟는데,

"이 처사님! 처사님, 안녕하세요!"

강 행자가 휙 돌아서서 인사했다. 그 순간 어떤 장면이 이도익의 눈을 관통하고 지나갔다. 객스님 한 분이 휙 돌아서며 이도익에게 "행자님, 제가 몇 계단 올라가다 돌아볼 테니. 그때 선무도가 뭔지 말해 주시겠어요?"라고 묻는 장면이었다. 그 스님은 이도익을 "행자님"이라 불렀다. 장소도 여기 돌계단. 이도익은 휘청했다. 갑자기 눈앞이 뿌예졌다.

"이 처사님, 괜찮으세요?"

강 행자가 계단을 뛰어 내려왔다.

"…"

"처사님!"

강 행자가 목소리를 높였다.

"네, …괜찮습니다."

이도익은 아무렇지 않은 척했다.

"처사님, 혹시 빈혈 있는 거 아니에요?"

"빈혈이요? 아, 아닙니다."

이도익이 애써 미소 지었다.

"처사님, 제가 길을 막고 있었죠? 헤헤, 죄송해요."

"아, 아뇨. 그렇지 않습니다. 오히려 제가 행자님 수련을 방해한 것 같은데요."

"삼천배 하시러 법당에 가시는 거죠? 이 처사님, 삼천배 끝나면 저랑 같이 수련해요."

강 행자는 항상 웃으며 인사하고 웃으며 말을 건넸다. 그는 붙임성이 좋다. 이도익은 때때로 그것이 외로움의 방증일 수 있다, 라는 생각이 들었다. 그래서 잠깐 측은한 시선으로 강 행자를 바라보았다.

관음굴법당에 들어섰다. 어제는 느끼지 못했던 법당 특유의 청량함이 이도익의 가슴에 전해졌다. 이도익은 삼천배를 이어 갔다. 조금씩 속도를 냈다. 오늘 그는 삼천배를 마칠 작정이다.

많은 생각 조각들이 그의 머리에 머물렀다. 일부는 과거였고 일부는 현재였으며 또 그중 일부는 미래와 관련된 것들이었다. 무릎을 꿇고 방석에 이마를 대며 절을 하는 동안 생각의 파편들이 이도익의 마음에 머물렀다 사라지기를 반복했다. 점심과 저녁 공양 시간, 예불드리는 시간과 중간중간 약간의 쉬는 시간을 제외하면 이도익은 오롯이 관음굴에서 절을 했다.

밤 11시 44분. 드디어 삼천배를 마쳤다. 이틀이 걸렸다.

이도익의 머리에서 하얀 김이 모락모락 피어올랐다. 그는 관음굴법당 문턱에 앉아 이마에 흐르는 땀을 팔뚝으로 닦았다.

관음굴법당은 산 정상이나 다름없는 곳에 있었다. 낮에는 동해 바다까지 탁 트인 전경을 감상할 수 있는 곳이다. 이도익의 시선이 법당 아래로부터 멀리 동쪽 밤하늘을 향했다. 보이지 않지만 동해 바다가 느껴졌다. 나무 사이로 부는 바람이 파도 소리처럼 들렸다.

관음굴법당 좌측은 암벽이다. 거기에는 보물 581호 마애여래좌상이 동해를 바라보고 있다. 이도익은 암벽을 타고 마애여래좌상 앞으로 갔다. 좌불로 가는 길과 좌불 앞에는 안전을 위해 난간이 설치되어 있었고 좌우 암벽에 설치된 조명이 좌불을 은은하게 밝혀 주었다. 좌불의 높이가 4미터는 족히 되어 보였다. 좌불 바로 앞은 거의 수직의 낭떠러지였다. 난간이 설치되어 있었으나 이도익은 흠칫 놀라며 자기도 모르게 뒤로 물러섰다. 그는 다시 자신의 발아래로부터 점차 시선을 들어 올려 멀리 동해 바다를 바라보았다.

이도익은 어제 자신이 걸어온 길을 되짚었다.

'일주문에서 여기 마애여래좌상까지 직선거리로 1킬로미터가 넘는 것 같다. 일주문을 지나면 바로 연못과 주차장이 있고, 주차장을 지나 700미터 정도 골짜기를 따라 오르면 종무소와 공양간, 그리고 2층 건물의 요사채가 차례로 보인다. 요사채 위쪽으로 가파른 길을 더 오르면 법당과 스님의 처소가 있다. 법당 우편에 암반 전산이, 산꼭대기에는 관음굴법당과 마애여래좌상이 있다.'

이도익은 몸이 식어 한기가 느껴졌다. 그는 난간을 잡고 좌불 우측으로 내려갔다. 간단히 씻고 방에 들어와 이부자리를 폈을 뿐인데 시간은 새벽 2시였다.

삭발

"스님, 강 행잡니다."

"그래, 이 처사도 같이 왔나?"

"예, 스님."

강 행자와 이도익이 이른 아침에 주지 스님을 찾아뵈었다.

"이도익이라 했지?"

스님이 물었다.

"네."

"가까이 와 앉아. 차 한 잔 줄 테니."

강 행자와 이도익은 길고 넓은 통나무 찻상을 사이에 두고 스님과 마주했다.

둘은 스님이 준 찻잔을 감싸 쥐고 한 모금, 한 모금 차를 마셨다.

"머리 깎고 행자 생활 해 볼 텐가?"

다짜고짜 스님이 물었다.

"…"

이도익이 침을 삼키며 고개를 들었다.

주지 스님은 이도익과의 첫 만남에서, 골굴사에서는 출가하지 않더라도 선무도 수련을 하려면 행자 생활을 거쳐야 한다고 했었다.

"삼천배를 하게 한 것은, 자신의 결정과 마음을 다시 들여다보라는 것이었네. 그런 시간이 되었나?"

스님이 물었다.

"…"

이도익은 선뜻 입을 열지 못했다. 주저해서가 아니라 예전 언젠가 스님의 물음을 들었던 것처럼 여겨져서였다. 스님과 마주한 이 상황도 여러 번 겪은 것 같다는 착각이 들었다. 현기증이 났다.

"처사님!"

이도익이 멍하니 있자, 강 행자가 이도익의 무릎을 건드렸다.

"…생각이 바뀌지 않았습니다. 불교 공부도 하고 밀교수행법인 선무도 수련도 열심히 하겠습니다. 행자로 지내겠습니다."

이도익은 외운 말을 하듯 답했다.

"자네 무슨 걱정이 있나?"

"아니, 없습니다."

"안색이 안 좋아 보여서 물어보았네. 근데 자네 부친이 개신교 교회 장로님이라 하지 않았나? 자네도 모태 신앙이고?"

"네. 그치만 아버지께서 허락해 주셨습니다."

"부친께서 뭐라고 하시며 허락해 주시던가?"

"아버지께서 성경을 읽으시는 스님을 본 적이 있다고… 크리스천이지만 다른 종교를 제대로 공부하는 것도 해 볼 만한 일이라고 하셨습니다."

"자네, 선무도 배워서 해외에 나가겠다고 했던 말 기억하나?"

스님의 물음에 강 행자가 이도익을 쳐다봤다.

"네, 스님. 북미나 유럽에 도장을 열어 선무도를 가르치고 싶습니다."

"그래. 명상에 대한 관심이 유럽에선 특별하지. 우리 선무도는 명상, 요가 등 다양한 수련법을 아우르니까."

스님이 찻상 아래에서 책을 꺼냈다.

"자, 이건 내가 자네한테 주는 선물이야."

스님은 두꺼운 책 두 권을 찻상 위에 올려놓았다.

『대금강문 함월산 선무도 이야기』 상, 하권. 이도익은 책을 받아 들었다.

"강 행자!"

스님은 강 행자를 바라봤다.

"예, 스님."

"지철 스님에게 미리 일러뒀으니 스님한테 이 처사 인사시키도록 해. 그럼 지철 스님이 알아서 이 처사 삭발해 줄게야."

"예, 스님."

강 행자와 이도익은 스님 방을 나와 요사채로 내려갔다. 내려가면서 강 행자는 지철 스님 이야기를 했다. 송광사에서 온 객스님이며, 몸이 허약해서 건강을 위해 선무도 수련을 하고 있다는, 그 스님이 처음 골굴사에 왔을 때는 너무 말라서 거식증이 있는 건 아닌지 사람들이 의심했다는, 스님이 맨바닥이나 의자에 앉을 때면 엉덩이뼈가 상할까 싶어 보는 이들이 움찔했다는, 말을 했다. 게다가 고도 근시여서 스님은 라식 수술을 고민한다고도 했다. 이도익은 그 스님이 누군지 알 것 같았다.

강 행자는 지철 스님이 지금은 예전보다 살이 많이 붙어서 좋아 보이는 거라고 했지만 이도익의 눈에는 전혀 그렇게 보이지 않았다. 그저 병색이 짙은 말라깽이 스님이었다.

"근데 처사님, 정말 해외에 가서 선무도 가르치실 거예요?"

강 행자의 물음에 이도익은 미소 지었다.

"헤헤, 처사님 참 멋있는 거 같아요."

"뭐가요?"

"해외에서 선무도 가르친다는 생각이요."

"계획은 그런데, 계획대로 될지…."

강 행자는 이도익의 생각이 부럽기만 했다.

"이 처사님, 스님 털신이 없는데요. 행선[9] 나가신 것 같네요."

지철 스님 방문 앞에 이르러 강 행자가 말했다.

"이 처사님, 어떻게 할까요? 기다릴까요?"

강 행자는 천진난만하게 물었다.

"저, 저는 잘 모르겠어요."

"금방 오시겠죠, 뭐."

강 행자와 이도익이 지철 스님을 기다리기로 하고 문 앞에서 이런저런 얘기를 나누는데,

"강 행자! 나한테 볼일 있으신가?"

보라색 목도리를 두르고 털모자를 쓴 사람이 강 행자를 불렀다.

"스님! 바람이 찬데 어딜 다녀오십니까?"

강 행자가 지철 스님을 알아보고 말했다.

"그냥 좀 걸었어. 이분이 이도익 처산가?"

---

9 행선行禪: 일정한 장소에서 천천히 걸으며 선禪을 닦는 일.

김 서린 안경 너머로 머리 긴 처사를 쳐다보며 지철 스님이 물었다.

"예, 스님."

강 행자가 대답했다.

"이 처사, 세면장으로 오시게!"

화장실이 곧 세면장이었다.

"네? 세면장이요?"

이도익의 눈이 커졌다.

"삭발해야 하지 않는가?"

"아, 네."

정식 출가가 아니지만, 이도익은 내심 영화나 드라마에서 봤던 그럴 듯한 삭발식을 상상했던 모양이다. 아쉬움이 얼굴에 드러났다.

"강 행자는 도복 한 벌 이 처사, 아니 이 행자 방에 넣어두고."

"예, 스님."

"아, 참! 강 행자, 저 아래 검정색 대형 세단이 와 있던데 자네 보러 오는 사람 아닌가?"

"글쎄요. …스님, 저는 좀 내려가 봐야겠어요."

"그래. 어서 가 봐."

강 행자는 요사채 아래로 내려갔다. 이도익은 지철 스님을 따라 세면장으로 갔다.

세면장 한가운데 덩그러니 놓여 있는 목욕 의자 하나가 눈에 띄었다.

"웃통 벗고 여기 앉으시게."

지철 스님이 눈으로 목욕 의자를 가리키며 말했다.

"여기요?"

"그럼, 거기 계속 서 있을라고?"

이도익은 웃통을 벗고 플라스틱 목욕 의자에 쭈그려 앉았다.

지철 스님이 전기이발기로 이도익의 머리를 깎기 시작했다. 스님은 대충대충 하는 것 같았다. "윙윙" 기계음과 함께 이도익의 머리카락 뭉텅이가 바닥에 떨어졌다.

지철 스님은 이도익의 머리에 비누 거품을 묻혀 일회용 면도기로 머리를 밀었다. 삭발은 10여 분 만에 끝났다.

"자, 다 되었네. 씻으시게."

지철 스님은 그렇게 말하고 세면장을 나갔다.

이도익은 세면장 거울 앞으로 다가갔다. 마음이 덤덤했다.

선무도

선무도

선무도의 본래 명칭은 불교금강영관이다.

선무도는 신구의身口意 삼밀가지[10]의 수행을 통해 즉신성불[11]을 이루는 밀교수행법이다. '나'의 몸身과 말口 그리고 생각意의 활동이 하나임을 깨닫고 이를 몸소 실천하게 되면, '우주'의 구조身, 소리口, 정신意 활동이 서로 융합하여 하나 됨을 보게 된다. 그러면 하찮은 중생이라도 깨달음의 경지에 들어갈 수 있다. 선무도는 그러한 깨달음에 이르기 위한 수행법이다.

선무도는 또한 위빠사나[12]의 핵심인 안반수의[13]를 닦음으로써 깊은 선정 상태인 금강삼매에 이르는 관법觀法수행이다.

선무도는 특히 신체 수련이 마음의 수행과 다르지 않음을 주지하여 영동행관이라는 무술적인 수행법을 통해 심신일여心身一如의 극치를 표현한다. 이것은 대금강문 선무도 연공문, 정기신精氣神의 요체다.

부산 범어사 청련암 양익 스님이 1960년경에 한국 불교에 전해 내려오는 관법수련의 체계를 세웠다. 양익 스님은 관법수련을 승가에만 전수하

---

10 삼밀가지三密加持: 부처님이 중생을 제도하는 힘과, 중생의 믿음이 일치하는 경지.
11 즉신성불卽身成佛: 현재의 몸 그대로 바로 불佛이 되는 것.
12 위빠사나Vipassana: 현상을 있는 그대로 통찰하는 부처님의 수행법.
13 안반수의安般守意: 들숨과 날숨을 알아차림.

였는데 1970년대에 적운 스님이 이를 전수받아 대중 포교를 위해 1985년도부터 "선무도"라 칭하였다. 선무도 수련법에는 선체조, 선요가, 좌관법, 입관법, 행관법이 있다.

— 『대금강문 함월산 선무도 이야기』 '상권' 중에서

골굴사는 불교 전통 무예 선무도의 총본산이다. 이곳에서는 선무도 정규 수련이 오전에 한 번 오후에 한 번, 하루 두 번 있다.

이도익, 아니 이 행자는 흰색 도복으로 갈아입었다. 수련하러 가기 전에 잠깐 세면장에 들렀다. 거울에 비친 자신의 모습을 바라봤다. 허연 맨머리에 저절로 손이 올라갔다.

이 행자는 가파른 오르막길을 올라 법당 앞에 이르렀다. 예불드리는 법당이 곧 선무도 수련장이다. 수련장에는 반가부좌를 하고 호흡을 하는 사람, 다리를 벌리고 스트레칭하는 사람, 발차기 하는 사람 등 대중[14]들이 각자 수련 준비를 하고 있었다.

"자, 오세요!"

회색 도복을 입은 사람이 죽비를 탁! 탁! 치며 말했다. 대중들은 3열로 정렬했다. 이 행자는 맨 뒤에 섰다.

죽비 소리에 맞춰 부처님을 향해 세 번 반배한 다음, 회색 도복을 입은 사람과 대중들이 서로 마주 보고 반배했다. 대중은 회색 도복 입은 사람을 "최 법사"라 불렀다. 그는 대중의 수련을 책임지는 선무도

---

14 대중大衆: 많이 모인 승려. 또는 비구, 비구니, 우바새, 우바니를 통틀어 이르는 말.

지도법사였다.

"지난 토요일 충주에 행사가 있어서 다녀왔습니다. 강 행자와 부산의 김 사범도 동행했습니다."

최 법사의 목소리는 청량했다. 170센티미터 정도의 키, 까무잡잡하고 단단하게 생긴 외모가 목소리와 잘 어울렸다. 그는 이야기를 계속했다.

"시범이 끝나서 짐을 정리하는데, 몇몇 다른 무술 관계자들이 다가와서 말을 걸었습니다. 한 분이 그런 말을 했습니다. 선무도는 극과 극을 달린다고. 정적인 수련과 극도의 동적인 수련, 정반대되는 것이 혼재돼 있다는 뜻이겠죠."

에너지 넘치는 목소리와 달리 그의 시선은 이야기하는 내내 바닥을 향했다.

"균형 잡힌 수련이 중요하긴 합니다. 그러나 저는 근지구력 강화와 타격을 통한 신체 단련에 더 중점을 둡니다. 따라서 저와 함께 수련할 땐 긴장해야 합니다. 방심하면 몸을 다칠 수 있으니까요. 우리는 체육관에서 운동하는 사람들과 다릅니다. 깨달음에 이르는 방편으로써 선무도를 수련하고 있습니다. 시간이 지날수록 수련은 외롭고 고독해집니다. 매일 마음을 다잡고 외로움과 고독을 벗 삼아 수련해야 합니다."

특별 수련

이 행자가 선무도 수련을 시작한 지 일주일이 되었다. 남들이 보기에 이 행자는 놀랄 만큼 빠른 속도로 수련을 습득해 갔다. 모두가 예전에 오랫동안 수련했던 거 아니냐며 이 행자에게 한마디씩 했다. 그러나 정작 이 행자는 하루하루 버거운 시간을 보내고 있었다.

우선 새벽 좌선이 곤혹스러웠다. 한 시간의 좌선은 몸 이곳저곳을 갑갑하게 했다. 먼저 등이 그랬고 시간이 지나며 허리와 발목이 불편했다. 평안하고 고요한 대중들과 달리 이 행자는 10여 분을 제대로 호흡하지 못할 때가 많았다. 하루 중 가장 힘든 시간이 그에겐 새벽 좌선 때였다.

선무도 수련도 마찬가지. 선무도는 왠지 자신의 체형, 특히 큰 키에 적합한 것 같지 않았다. 생각이 그러하니 남들이 보기엔 어떨지 몰라도 이 행자의 마음에 스트레스가 쌓여 갔다. 이제 막 수련에 입문한 초보자치고 생각이 너무 많았다.

"잘 버텨 낼 수 있을까? 이런 생각도 말아야지. 시간이 해결해 줄 테지. 남들보다 더 악착같이 하는 수밖에."

이 행자는 중얼거렸다. 자주 그랬다. 그것이 수련 시작한 지 일주일이 되었을 때다.

탁! 탁!

"주지 스님 오셨습니다!"

최 법사가 민첩하게 죽비를 자신의 손바닥에 내리쳤다. 최 법사의 죽비에 맞춰 대중이 수련장에 들어오는 주지 스님께 합장 반배했다.

"최 법사, 밖으로 나가자."

"예, 스님."

대답하는 최 법사의 시선은 바닥을 향했다.

주지 스님의 말에 모두가 일사불란하게 수련장 밖으로 나갔는데 지철 스님만은 나오지 않았다. 스님은 수련장에 남았다.

수련장에서 나온 대중들 몇몇이 한숨을 내쉬거나 입을 굳게 다물며, 올 것이 왔다는 듯한 표정을 지었다. 대중들은 108계단 꼭대기로 갔다.

최 법사를 필두로 대중들이 주먹 쥐고 팔굽혀펴기를 하면서 울퉁불퉁한 대리석 계단을 거꾸로 내려가기 시작했다. 108개의 돌계단을 그렇게 내려갔다. 올라올 때는 쪼그려 뛰기로 두 칸, 세 칸씩 뛰어야 했다. 그것이 10여 차례 이어졌다.

다음은 발차기. 계단에서 균형을 잡고 여러 발차기를 했다. 앞차기, 옆차기와 같은 직선 발차기는 할 만했다. 그러나 계단에서의 회족[15]은 어려웠다. 아니 좀 위험했다. 그래서 최 법사나 강 행자조차 자주 중심을 잃고 자세가 흐트러졌다.

얼마나 계단을 오르락내리락했을까. 대중들이 지쳐갈 즈음 스님의 죽비 소리가 울렸다.

---

15 회족回足: 회전 발차기.

탁! 탁!

"심인법!"

스님의 "심인법!"이란 말에 대중들은 허심합장[16]을 하고 두 손을 머리 위로 쭉 뻗었다가 좌우로 크게 원을 그리며 내렸다. 그리고 다시 허심합장을 했다.

"허심합장은 선무도 준비 지세이고 심인법은 마음 준비를 위한 짧은 호흡법이다. 단순하고 늘 반복하는 동작일수록 대충 하지 말고 정성껏 해야 한다. 모든 선무도 동작의 시작과 끝에 허심합장과 심인법이 있음을 기억해라."

스님의 말에 대중들은 고개 숙여 합장 반배했다.

"한 번 더! 심인법!"

스님은 여전히 헉헉대며 호흡이 고르지 못한 이들을 보고 한 번 더 심인법을 하게 했다. 대중의 몸과 마음을 정돈시키며 스님은 이렇게 말했다.

"수행, 수련에는 규칙이 없다. 평지에서만 수련하라는 규칙이 있나? 그런 것은 없다. 동작이 땅의 기울기나 굴곡에 따라 변할 수는 있어도 어디서든 균형과 평정심을 유지해야 하는 법이야. 어떤 동작을 하더라도 호흡은 늘 고요해야 하고. …수행자라면 홀로 수련하며 자기만의 시간을 가져야 하는데 그건 자신을 제대로 보고 제대로 인식하기 위

---

16 허심합장虛心合掌: 선무도의 기본자세. 손바닥 사이에 빈 공간을 만드는 합장으로, 마음을 비운다는 뜻이 있다.

해서야. 그러면 무엇이든 하나씩 스스로 깨닫게 되지. 가르침을 받는 것도 중요하지만 결국 무엇이든 스스로 깨달아야 하는 법이거든. 자기 안에 스승이 있다는 걸 잊어선 안 돼."

매주 금요일 오전, 대중들은 계단에서 수련했다. 때때로 계단이 아닌 다른 곳에서 하기도 했다. 대중들은 이런 야외 수련을 "특별 수련"이라 불렀다.

강 행자

일요일에는 선무도 수련이 없다.

이 행자는 털모자와 목장갑을 집어 들었다.

"예전 선배 수련자들은 일요일이면 산에 올라, 서너 시간씩 개인 수련을 하고 내려왔대요. 말이 서너 시간이지 그거 힘들어요. 그것도 혼자서…."

이 행자는 얼마 전 강 행자가 한 말을 생각했다. 그는 함월산을 올랐다. 법당 위쪽에 함월산으로 이어지는 소로가 있었다.

10여 분 능선을 타고 산을 오르니 산소가 나타났고 산소 앞에 수련할 만한 공간이 보였다. 그 공간보다 이 행자의 눈에 먼저 들어온 것이 있었는데 그건 강 행자였다. 강 행자는 눈 녹은 잔디 위에 앉아 있었다.

"강 행자님!"

강 행자가 슬쩍 고개를 돌려 이 행자를 봤다.

"강 행자님도 수련하러 오셨나 봐요? 근데 이렇게 높은 곳에 산소가 있네요. 어렸을 땐 산소가 놀이터였는데. 휴, 숨차다!"

반가움에 이 행자가 말을 쏟아 냈다.

"흐흠."

강 행자는 헛기침을 했다. 이 행자를 피하는 그의 눈이 붉게 충혈돼 있었다.

"강 행자님! 무슨…."

이 행자가 이유를 물으려 하자,

"행자님, 전 내려갈게요."

강 행자는 서둘러 자리에서 일어났다. 강 행자의 눈시울이 붉어진 이유를 이 행자는 묻지 못했다.

강 행자가 내려간 후, 산소 앞 잔디에서 이 행자는 개인 수련을 했다. 좌선도 했다. 산 아래 풍경을 내려다보며 세상과 멀어진 고즈넉함을 즐기기도 했다.

그날 밤….

입산하던 날, 방에서 발견한 영어 원서가 원인인지는 모르지만 고래에 대한 또렷한 꿈을 이 행자는 그날 밤부터 꾸게 되었다. 그리고 입산 전날 밤 자신의 꿈에 어렴풋이 등장했던 거대한 물체. 그것 또한 고래가 아니었을까 생각했다.

꿈은 신기하고 오묘했다. 왜냐하면 때때로 꿈과 현실의 경계가 모호해지고, 꿈과 현실 그리고『고래의 시』가 교묘히 얽혀 서로 구분이 되지 않았기 때문이다. 더군다나 꿈과 꿈이 연속극처럼 이어졌다.

꿈 II

파란 바다에 검은 점 하나.
주변에는 아무것도 보이지 않았다.
나는 하늘에 구름처럼 떠 있다.

구름과 바람을 가르며 떨어졌다.
비명을 질렀다.

나는 낙하했다.

하늘에서 봤던 검은 점.

난 그 점 바로 옆에 떨어졌다.

몸길이 8미터. 체중 8.5톤. 검은 포유류.

눈가에 흰색 반점이 있다.

하늘에서 봤던 작은 점은 거대한 범고래였다.

녀석은 바닷속으로 들어가지 않았다.

움직임이 없다.

얼마나 바다 위에 부유하고 있었는지 알 수 없다.

밤이 되었다.

녀석은 먹이를 찾아 나서지 않았다.

이등변삼각형 모양의 등지느러미는 힘없이 쓰러져 있다.

이틀이란 시간이 흘렀다.

녀석은 여전히 미동이 없다.

궁금했다.

왜일까.

그런데 까만 눈이 움직였다.

숨은 쉬고 있었구나.

뭔가 고래다운 움직임을 기대해 볼 만했다.

드디어 녀석이 90도로 방향을 틀었다.

아주 빠르게 물살을 갈랐다.

서쪽으로 대략 800미터를 헤엄치자

저 멀리 바다사자 무리가 보였다.

해안가도 보였다.

해안가 근처엔 울퉁불퉁 크고 작은 바위가 솟아 있었다.

바다사자 무리는 일제히 빠르게 헤엄쳤다.

도망치는 것이다.

그들은 해안가로 향했다.

눈 깜짝할 사이

녀석이 새끼 바다사자 한 마리를 삼켜 버렸다.

바다사자 한 마리가 뒤처졌다.

어딘가 불편해 보였다.

그 바다사자는 해안가 바위에 다다르지 못했다.

몸부림치는 무언가가 공중 위로 던져졌다.

뒤처져 헤엄치던 바다사자를

범고래가 콧등으로 토스하듯 던진 것이다.

공중에서 떨어진 바다사자는 녀석의 이빨에 허리를 잡혔다.
녀석의 흰색 아래턱이 물 밖에서 현란하게 움직였다.
2미터 길이의 바다사자는 두 동강이 났다.
선명한 붉은 뼈와 살, 창자가 밖으로 터져 나왔다.
너덜너덜해져 죽어 갔다.
바다사자의 마지막 떨림과 흐릿한 눈빛이 있었다.

핏빛 물보라와 녀석의 까만 피부가 잔인하게 어울렸다.

'달'.
밤이 되었다.
녀석의 눈은 밤이 되면 광채가 난다.
파란바다가 검게 변하고 주변은 고요해졌다.
한낮의 사냥은 잊혀졌다.
녀석의 눈이 어딘가를 향하고 있다.
'달'.
녀석은 달빛을 쫓았다.
녀석의 눈이 빛났다.

녀석은 잠을 취하지 않았다.

지난 이틀 동안 그랬고 지금도.

경계하는 것이 아니다.

불면을 앓는 것도 아니었다.

녀석은 검은 바다 위를 유영했다.

밤새 달빛과 함께했다.

'빛'.

동이 트고 낮이 되었다.

녀석은 태양을 까만 등으로 맞고 있었다.

얼마나 오랜 시간을 죽은 듯 부유하고 있으려나.

달빛, 햇빛,

빛은 녀석의 유일한 벗이다.

등지느러미는 여전히 힘없이 옆으로 쓰러져 있다.

녀석은 바닷속으로 들어가지 않았다.

다시

파란 바다에 검은 점 하나.

주변에는 아무것도 보이지 않는다.

녀석은 혼자다.

2. 만남

거시기

    지난 열흘 사이 네댓 명의 처사들이 절에 들어왔다 나갔다. 스님이 되겠다던 행자가 어느 날 갑자기 보이지 않는가 하면 또 다른 사람이 새로 들어왔다. 가고 오고 빈자리는 채워졌다.

    엊그제 들어온 청년은 서울에서 왔다는데 사투리를 썼다. 그 역시 행자가 되려고 했다. 지철 스님이 오전에 세면장에서 청년의 머리를 삭발해 주었다. 강 행자는 그에게 행자복을 챙겨 주었고 이 행자는 털신을 가져다주었다. 그런데 청년이 행자복을 입자마자 상의 단추가 터져 버리는 일이 생겼다. 행자복이란 게 본래 통이 크고 여유가 있어서 누가 입어도 얼추 맞게 마련이지만 청년에겐 그렇지 않았다.

    강 행자는 자기 생각이 짧았다며 웃음을 터트렸다. 이 에피소드는 금세 절집 식구들에게 퍼졌다. 사람들은 상의 단추가 터져서 난처해하는 청년의 모습을 상상하며 키득거렸다. 임시변통으로 단추의 위치를 바꿔 달아 입었으나 그것은 말 그대로 임시변통이었다. 행자복 상의는 여전히 그에게 꽉 끼어서 보기 민망할 정도였다.

"이게 누구고? 풍채가 훤하네! 풍채만 보면 니가 주지 스님인 줄 알겠다. 안 그나?"

오늘 삭발한 행자를 보고 주지 스님이 함박웃음을 지었다.

"네? 네."

공양간 앞에 서 있던 행자는 맨머리를 긁적이며 말을 얼버무릴 뿐이었다.

나이는 20대 초반. 외모는 방송인 강호동을 닮았다. 체격이 웬만한 씨름 선수는 저리 가라였다. 강호동 친동생이라 해도 믿겠다. 뽀얀 피부에 달걀형 얼굴. 얼굴이 컸다. 그냥 큰 게 아니라 아주 컸다.

"권 행자님, 전 강 행자고요. 이쪽은…"

오늘 삭발한 행자는 권가다.

"안녕하십니까, 저는 이 행잡니다."

"네, 저…"

권 행자는 무척 쑥스러워했다.

"공양하셨어요?"

강 행자가 권 행자에게 물었다. 권 행자는 공양간에 들어가지 못하고 문 앞에서 우물쭈물했다.

"아니, 긍께… 배는 고픈데, 먼저 먹기 거시기해서요."

이 행자는 무의식적으로 권 행자를 쳐다봤다. 이 행자는 귀를 의심했다. 권 행자의 가는 목소리와 말투가 외모와는 전혀 딴판이었다.

"삼천배 힘드셨죠?"

이 행자가 물었다.

"아주 뭐드라… 거시기…, 아주 거시기했어요."

권 행자는 고개를 절레절레 흔들었다. 볼살이 출렁였다. 이 행자는 웃음이 터졌다.

"공양합시다!"

강 행자의 말에 행자들은 분위기를 정돈하고 공양간 안으로 들어 갔다.

모두들 밥과 반찬을 큰 접시 하나에 넉넉히 담았다. 별난 찬이 없어 도 절밥은 맛있다.

공양을 마치고 강 행자와 이 행자는 권 행자 방에 가 보기로 했다. 권 행자와 담소를 나눌 생각이다. 이 행자는 권 행자와의 대화가 기대 되었다.

그래서 두 명의 행자가 권 행자의 뒤를 따르게 되었다.

"권 행자님!"

강 행자가 말했다.

"아우, 놀래라!"

권 행자가 흠칫 놀라서 뒤돌아봤다.

"저희, 행자님 방 좀 구경해도 될까요?"

"거시기, 뭣 땜시 남의 방을…"

"사내들끼리 꺼릴 게 뭐가 있답니까? 얘기나 좀 나누게요. 권 행자님, 어서 들어가세요. 주인이 먼저 들어가야 저희가 들어가죠."

강 행자가 보챘다.

세 명이 작은 방 안에 들어섰다. 방바닥에는 책이 여기저기 널브러져 있었다. 예닐곱 권은 되어 보였다.

"권 행자님, 책을 좋아하시나 봐요?"

이 행자가 말했다.

"거시기 뭐냐, 그냥…."

권 행자는 방바닥에 흩어져 있는 책을 주섬주섬 가방에 넣었다. 그것을 급히 벽장에 올려놓으려 했다. 그런데 가방 안의 책이 우르르 쏟아지고 말았다. 쏟아진 것은 책만이 아니었다.

데구루루 굴러온 참치 캔 하나가 이 행자 엄지발가락에 부딪혔다. 권 행자는 방바닥에 떨어진 것들을 줍느라 가뜩이나 둔한 몸을 허둥지둥댔다. 그가 주운 것은 책만이 아니었다. 참치 캔 네 개와 땅콩버터 한 통이 더 있었다.

"행자님들, 이거 하나씩 받으세요."

권 행자의 표정은, 얼굴이 벌게진 건 분명한데, 웃는 건지, 당황한 건지 알 수 없었다. 그가 멈칫멈칫하며 강 행자와 이 행자에게 참치 캔 하나씩을 내밀었다.

"저는 이미 받은 것 같은데…."

이 행자가 자기 발 앞에 멈춰 선 참치 캔을 들어 보였다.

그 뒤로, 강 행자와 이 행자는 약속이나 한 듯 참치 캔과 땅콩버터 이야기는 하지 않았다.

책이 많다, 이건 어떤 책이냐, 요즘엔 무슨 책을 읽냐?

그들의 대화는 대체로 고상했다.

만남

살면서 우리는 수많은 만남을 갖게 돼. 본래 삶이 만남의 연속이니까. 내게도 그랬어. 그중에 세 가지는 특별하다고 말해야겠어. 지금 그 이야기를 하려고 해.

먼저, 내겐 '좋은 적敵'이 있었어. '좋은 적'이란 말이 이상하게 들릴지 몰라. 어린 시절 난 엄마 말을 참 안 들었어. 말썽꾸러기였지. 그날도 난 엄마 말을 어기고 혼자 멀리 헤엄쳐 갔지. 얼마의 시간이 흘렀을까. 일순간 갑자기 물속이 어두워졌어. 숨을 쉬려고 수면 위로 올라가고 있을 때였지. 어마어마하게 커다란 혹등고래가 나를 덮쳤어. 그 고래 때문에 물속이 갑자기 어두워졌던 거고. 혹등고래는 커다란 양쪽 지느러미로 나를 감싸고 내 등을 내리눌렀어. 도저히 벗어날 수 없었어. 숨을 쉬지 못해서 의식을 잃을 것 같았어. 그때, 그가 "너 왜 그랬어?"라는 말을 남긴 채, 나를 놔주고 그냥 가 버리더군. 난 "너 왜 그랬어?"라는 그의 말과 행동을 이해하지 못했어. 그때는 깨닫지 못했지. 그 후로 그 혹등고래를 몇 번 더 만났어. 난 오랫동안 그를 적으로 여겼어. 근데 최근에서야 그 혹등고래와의 만남이 특별했다는 걸 깨달았어.

두 번째, 난 하늘을 좋아했어. 지금도 그래. 알다시피 그곳을 우린 헤엄칠 수 없어. 갈 수 없어. 그래서 더 동경하는지 몰라. 근데 한번은 새 한 마리가 내 등에 앉았고 그에게서 하늘의 이야기를 들을 수 있었어. 전혀 다른 세상의 소식을 들었던 거지. 그때부터 나는 동료들과는 좀 다른 생각을 하게 됐지. 새에게서 새로운 정보를 얻었기 때문에 가능했어. 새가 왜 내 등에 앉았냐고? 실은 그 새는 길을 잃었고 내 등을 작은 섬으로 착각했대. 새한테 내 등이 휴식처가 됐던 거야. 만남이란 게 뜻밖에 일어나는 경우가 많아.

세 번째는 나 자신과의 만남이었어. 너희들 그거 아니? 너희들 안에는 너희 자신 혼자만 있는 게 아냐. 너희를 닮았지만, 너희와는 분명히 다른 이들이 있지. 그래서 '나는 누구다.'라고 말하기 어려운 거야. 의문을 가질지 모르지만 그건 사실이야. 자기 자신의 낯선 모습과 마주한다는 게 쉽지 않아. 불편하기도 하지. 용기가 필요해, 낯선 자신을 만나기 위해서는. 아무튼, 우린 우리 자신을, 우리 안에 있는 여러 자아를 종종 따뜻하게 안아 줄 필요가 있어. 그럼 자신과의 만남을 통해 더 큰 세계를 보게 되지.

'좋은 적', '우리와는 전혀 다른 생명체', 그리고 '내 안에 있는 여러 모습의 낯선 나'. 이런 것들이 무엇인지 곰곰이 생각해 봐야 해.

— 『고래의 시』 중에서

포행

이 행자가 지철 스님을 따라 포행[17]을 나섰다. 오후 울력이 취소되었기 때문이다.

울력은 여러 사람이 힘을 합해 일하는 공동 노동이다. 주지 스님은 울력이 공덕을 쌓는 일이라 했다. 남을 위한 것이고 나의 다음 생을 위한 것이니 선무도 수련만큼 중요하다고 했다. 골굴사에서는 평일 오후 1시부터 오후 4시 30분까지 울력을 했고 거의 건설 공사판 막일 수준이었다. 그래서 기도와 수행을 하러 왔던 이들이 울력이 고되어 도망치듯 절을 떠나는 일이 다반사였다.

지철 스님은 권 행자에게도 포행 가자는 얘기를 했으나 그는 거시기

---

17 포행布行: 승려들이 참선을 하다가 잠시 쉬며 한가로이 걷는 일.

해서 그냥 방에 있겠단다.

권 행자는 어떤 말을 해도 '거시기'라는 애매하고 두리뭉실한 말을 사용했다. 그 말은 정말이지 어디다 갖다 붙여도 말이 되었다.

"이 행자, 뭐 해? 어서 나오지 않고!"

"네, 스님!"

이 행자가 방문을 열고 서둘러 신발을 신었다.

"스님, 제가 권 행자한테 한 번 더 말해 볼까요?"

지철 스님과 나란히 걸으며 이 행자가 물었다.

"뭐 하러? 권 행자는 거시기해서 안 간다잖아? 그 사람은 뭐든 거시기하대."

그러고 나서 스님은 뜬금없이 주저리주저리 권 행자 이야기를 했다.

"권 행자는 고등학교 때 자퇴를 했어. 따돌림, 학교 폭력 때문이었대. 중학교 때도 그랬다니까, 얼마나 오랫동안 괴롭힘을 당한 건가. 가해 학생들은 멀쩡히 학교 다니는데 피해 학생이 학교를 떠나는 현실이라니. 아무튼, 내가 권 행자 어머니와 친분이 좀 있어. 실은 내가 권 행자에게 출가를 권유했지. 그랬더니 권 행자 어머니도 같은 생각을 했다더군. 아마 권 행자도 출가 사문이 되는 것이 자신이 가야 할 길이라 생각했겠지. 출가한다는 게 누가 권한다고 될 일인가? 작년 8월에 검정고시 치르고 나서 낮에는 책만 읽고 밤엔 편의점에서 아르바이트하며 지냈다는 거 같아."

스님은 잠시 멈췄다가 이야기를 계속했다.

"어려서 받은 상처가 꽤 깊을 텐데 권 행자는 회복력이 좋아. 어쩌면 권 행자 스타일이 수행에 도움이 될 수 있어. 주위에서 걱정해도 정작 자기는 아무렇지 않거든. 게다가 그 사람은 생각이 없어. 말하자면 무엇을 열심히 하겠다는 생각도, 뭔가를 꼭 이뤄야겠다는 집념도, 해내고 싶은 목표도, 어떤 출가 사문이 되겠다는 계획도, 하물며 말을 잘하는 사람이 돼야겠다는 것도, 아무것도 없어. 그런 사람은 집착이 없지. 집착이 없으면 몸도 마음도 경직되지 않아서 늘 편안하다고. 피 튀기듯 경쟁하면서 앞만 보고 달리기보다 대충 하는 게 좋아. 그게 마음을 내려놓는 거라니까. 나는 그러질 못해서…."

"근데 스님은 권 행자를 어찌 그리 잘 아십니까?"

지철 스님은 권 행자에게 남다른 애정을 품고 있는 듯했다.

"내가 권 행자 모친하고 친분이 있다고 하지 않았나? 또 어제 권 행자하고 밤늦게까지 차담을 하며 얘기를 많이 나눴거든."

걷다 보니 두 사람은 일주문을 벗어나 꽤 멀리 왔다. 어느덧 그들은 자리밭마을 앞산 경사면을 오르고 있었다.

"아따, 덥네! 이 행자, 이것 좀 갖고 있어."

지철 스님이 목에 두르고 있던 보라색 목도리를 풀어서 이 행자에게 맡겼다.

"스님, 목도리가 상당히 귀해 보이는데요? 고급스러워요."

"그거 비단일세. 이 행자는 비단이 가진 의미를 아나?"

"비단이 가진 의미요? 잘 모르겠습니다."

"비단이 누에고치에서 뽑은 실로 짠 거란 건 알지?"

"네."

"누에가 나비로 변하는 것이 환생을 뜻한단 말이야. 그래서 사람들은 비단에다 환생의 의미를 부여하지."

"…."

그때, 이 행자는 스님에게서 뭔가 이상한 점을 발견했다.

지철 스님은 이야기하며 가파른 경사면을 오르는데도 호흡이 고요했다. 반면에 이 행자는 호흡이 가빠서 스님의 말에 집중하기 어려웠다. 이 행자의 호흡은 점점 거칠어졌다. 이 행자는 스님 등 뒤에 더 가까이 붙어 보았다. 스님의 굳게 다문 입에선 호흡 소리가 나지 않았다.

지철 스님은 이 행자보다 나이가 어림잡아도 스무 살은 더 많았다. 나이만 많은 것이 아니었다. 지철 스님은 체력이 약해서 수련 때마다 동작을 소화해 내지 못했다. 뒤에 앉아 좌관하는 시간이 더 많았다. 108계단에서의 특별 수련에는 한 번도 동참하지 못했다. 그런 스님의 호흡이, 가파른 산길을 오르면서도 이렇게 고요하다니.

이 행자는 궁금했다. 체력과 별개로 호흡이 깊어질 수 있는지.

이 행자의 호흡은 점점 더 거칠어졌다. 가쁜 숨을 억눌렀다. 왜냐면 호흡이 거친 것이 부끄럽다는 생각이 들어서였다.

"어린 쑥이 여기 쫙 깔렸어! 이 행자, 여기 보게!"

지철 스님이 말했다. 스님은 호주머니에서 검은 비닐 봉투와 과일 깎는 칼을 꺼냈다.

"뭐 해? 자네도 거기 쑥 좀 캐시게!"

스님은 과도로 어린 쑥을 캐기 시작했다.

"꽈!"

이 행자는 그제야 참았던 숨을 터트렸다. 지철 스님은 이 행자의 모습에 아랑곳하지 않았다.

비닐 봉투는 금방 어린 쑥으로 채워졌다.

"이 행자, 이것 좀 보시게!"

지철 스님은 쑥으로 빵빵해진 비닐 봉투를 쳐들어 보였다. 그러고는 갑자기 무슨 생각이 났는지, 바지 주머니에 손을 찔러 넣었다. 쪼그려 앉아서 주머니에서 꺼낸 그것을 삼켰다.

"스님, 약 드세요?"

"…"

"어디 편찮으세요?"

"치통. 치통이 좀 있어."

"스님, 그럼 치과에 가시지 않고서요?"

"치과는 무슨…. 진통제 한 알이면 돼. 그만 내려가지?"

"네, 스님."

돌아올 때도 지철 스님은 이 행자에게 여러 이야기를 했는데 이 행자는 어느 순간부터 지철 스님의 말을 건성으로 듣고 있었다.

'너 왜 그랬어?'

이 행자는 『고래의 시』에서 혹등고래가 했던 말을 생각했다. 권 행자와 지철 스님에게 가졌던 자신의 편견이 부끄러웠다.

'너 왜 그랬어?'

이 행자는 자기 생각과 행동을 되돌아보기에 그만한 질문이 있을까 싶었다.

권주먹, 감각

영, 관

영정좌관, 영동입관, 영정행관, 영동행관은 선무도의 수련법들이다. 명칭이 모두 '영靈'으로 시작해 '관觀'으로 끝난다. 영, 즉 육체 속에 깃든 정신에서 비롯된 생각과 움직임을 집착 없이 가만히 지켜볼 줄 알아야 한다. 이것이 선무도 관법수행이다. 영이 육肉의 반대 개념이기는 하나, 선무도에서는 둘을 달리 보지 않는다. 심신일여, 즉 호흡으로 하나 되는 영육을 동일시하기 때문이다. 영은 단순히 정신이나 생각을 의미하기보다는 갈고닦아 만들어진 고양된 정신을 뜻한다. 선무도는 정靜적인 수련과 동動적인 수련으로 나뉘는데 이와 유사하게 강관과 유관으로 나뉘기도 한다.

— 『대금강문 함월산 선무도 이야기』 '상권' 중에서

야외 수련장에서 대중들은 타격 훈련을 했다. 정권, 수도, 팔뚝으로 수없이 나무를 쳐 댔다. 나무에 두른 수건에 핏물이 맺혔다. 이 행자는 팔뚝이 얼얼했다.

야외 수련장에 올 때마다 최 법사는 "팔꿈치부터 손끝까지 '걸레'가 돼야 한다."라는 말을 반복했다. 무지막지하게 단련하라는 뜻인데 이 행자는 거부감이 들었다.

'통증 없이 방어와 타격을 하려면 단련이 필요하다. 주먹, 수도, 팔뚝이 무기가 돼야 한다는 것도 안다. 하지만 감각이 죽어서는 안 되지 않나? 오히려 감각이 굉장히 섬세해야 하는 것은 아닌지.'

이 행자는 단련으로 감각이 무뎌져선 안 된다고 생각했다. 그러나 선무도 애송이가 자기 입맛대로 수련할 수는 없었다. 최 법사 지도에 따랐다.

"다음, 이 행자님!"

최 법사가 말했다.

"하나! 둘! 셋! …사십! …오십!"

"권 행자님!"

"하나! 둘! 셋! …사십! …오십!"

행자들이 돌아가며 횟수를 외칠 때마다 정권, 수도, 역수, 팔뚝 안

쪽과 바깥쪽이 나무와 부딪혔다. 이 행자는 소극적이었다. 일부러 강하게 타격하지 않았다. 이 행자는 그런 자신을 다그치지 않았다.

몸이 수련장에 있어도 마음이 없으면 수련 효과가 있을 리 없다. 이 행자의 오전 수련이 그랬다. 단순하고 밋밋한 수련이 그렇게 끝나 가는데…, 그 소리를 표현할 수 있는 의성어가 있을까.

'뿌직! 뿌지지직!'

이것도,

'뚜둑! 뚜두둑!'

이것도 아니다.

아무튼, 육중한 소리를 내며 웬만한 남성 종아리보다 더 굵고 허벅지보다는 가는 생소나무가 꺾였다. 꺾여진 부분에서 하얀 나무 속살이 흉하게 밖으로 튀어나왔다. 권 행자의 오른손 주먹에 생소나무가 부러진 것이다.

"헉!"

대중들의 입이 떡 벌어졌다.

최 법사가 눈이 휘둥그레져서 부러진 소나무를 살폈고 임 행자는 권 행자의 주먹에서 시선을 떼지 못했다. 한편 이 행자는 '이런 사람이 학교 폭력 피해 학생?' 하고 생각하며 지철 스님의 권 행자 학창 시절 얘기에 의구심이 생겼다.

하얀 속살이 튀어나온 부분에서 짙은 송진 냄새가 풀풀 났다. 마법 같은 터무니없는 장면이 눈앞에서 펼쳐졌다.

"권 행자님, 괜찮으세요? 주먹 말이에요."

강 행자가 물었다. 대중들은 어느새 권 행자에게 몰려들어 그를 에 워싸고 있었다.

"좀 거시기허네요. 나무가 썩어 부렀나? 헤헤!"

소나무는 썩지 않았다.

권 행자는 맨머리를 긁적이며 다른 나무 앞에 섰다. 대중들은 권 행 자만 쳐다봤다.

권 행자로 인해 막판에 흥미진진했던 수련이 끝났다. 그러나 이 행 자는 수련장을 내려오지 않았다. 수련장에 남아서 팔뚝 굵기의 나무 를 골라 옆차기를 했다.

얼마 전 주지 스님이 나무를 발로 차며 나무의 생명력을 느껴 보라 는 말을 했었는데 이 행자는 그때부터 매일 나무 차기를 했다.

'누구는 주먹으로 나무를 부러뜨리는데, 나는 발로⋯. 그런데도 아 프다.'

이 행자는 발바닥이 아팠다. 강하게 찰수록 나무의 탄성이 이 행자 의 골반에 더 크게 전달됐다. 이 행자의 신경이 발바닥과 골반을 오갔 다. 신경이 자신의 신체 곳곳에서 발이 빠른지, 자세는 바른지 그리고 정확히 타격하는지 등의 생각으로 옮겨 다니는 것을 이 행자는 살폈 다. 그러다 옆차기를 멈췄다.

"강 행자님, 언제부터 거기 계셨습니까?"

이 행자가 뒤돌아보며 말했다. 강 행자는 이 행자를 지켜보고 있었다.

"이 행자님, 혼자 수련하면 나빠요. 웬만하면 같이 좀 합시다!"

강 행자는 이 행자를 빤히 쳐다봤다. 그는 앞에 있는 나무를 향해 옆차기 했다.

"강 행자님, 그거 말고요! 그 나무는 안 돼요!"

이 행자가 놀라서 강 행자를 말렸다.

"…"

"강 행자님, 그건 너무 굵어요. 골반 나갑니다. 제가 해 보니까 적당히 가는 나무가 좋더라고요."

"그러게요. 권 행자라면 몰라도 이건 아닌 것 같습니다. 말이 나왔으니 하는 말인데요. 권 행자님은 〈세상에 이런 일이〉나 〈TV 특종〉 같은 데 제보해야 하는 거 아닙니까? 아까 우리가 두 눈으로 똑바로 봤잖아요?"

"장난 전화라고 생각하지 않겠어요? 저는 직접 보고도 믿지 못하겠는데. 믿지 않을걸요."

"주먹왕, 권 행자님! 앞으로 권주먹이라고 불러야겠어요."

"그래도 행자님인데, 권주먹은 좀…"

이 행자는 고개를 저었다.

"이 나무 차 보실래요?"

이 행자는 팔뚝 굵기의 나무를 가리켰다.

"와! 이 행자님, 이거 진짜 좋은데요. 나무 탄력이 장난이 아닙니다."

서너 번 옆차기 하더니, 강 행자가 격하게 감탄했다.

"그죠?"

"예, 샌드백 차는 거랑은 비교가 안 돼요. 나무가 제 몸을 받아 주고 밀어내요. 그게 다 느껴져요."

야외 수련장에서 내려오며 강 행자가 흥미로운 이야기를 했다. 감각과 그것을 드러나게 하는 방법에 대한 이야기.

"제가 입산했을 때 스님께서 그러셨어요. 먼저 허리 밑으로 근력 키우고 다리는 일자로 찢으라고. 한 달쯤 지나서부터는 감각을 키워야 한다는 말씀을 자주 하셨고요. 그 말씀 하시면서 뭐라고 하셨는지 아세요? 뒤통수에 눈이 있어야 한다는 거예요."

"뒤통수에 눈?"

"스님 말씀으로는 인간은 시각적 동물이래요. 시각 의존도가 크대요. 눈이 뒤에 붙어 있으면 모를까, 전면 감각이 발달할 수밖에 없고 후면 감각은 자연적으로 퇴화한다는 거죠. 우리 두 눈의 좌우 시야 각도가 보통 140도, 위로는 50도, 아래로 70도 정도인데. 계속 신체에 자극을 가하며 훈련하면 후면 감각이 살아나고 지각 능력을 갖춘 미세한 등 근육이 생겨난대요. 그럼 뒤에 시각 역할을 감당할 수 있는 후면 감각이 생기는데 이걸 '뒤통수에 눈이 있다.'라고 말하는 거래요. 감지? 탐지? 뭐라고 하셨더라…. 하여튼 스님이 훈련을 통해 360도,

나를 둘러싼 사방을 볼 수 있다고 하셨어요."

강 행자는 이야기를 멈추고 이 행자의 얼굴을 쳐다봤다.

"이 행자님, 이런 바닥에서 구르기, 낙법 해 본 적 있으세요?"

"여기, 이 길에서요?"

"네."

"아뇨. 일부러 이런 데서 구르기를 할 리 없잖아요?"

이 행자는 왜 엉뚱한 걸 물어보나 싶었다.

"108계단 아래부터 일주문까지 앞구르기, 뒤구르기를 한 적이 있어요."

"정말요? 일주문까지면, 1킬로미터는 족히 될 텐데…"

"그 정도 되죠."

이 행자는 믿지 못하겠다는 표정을 지었다.

"주지 스님이 시키셨죠. 울퉁불퉁 돌이 튀어나온 흙바닥과 시멘트 길에서. 다들 주저하고 있는데 맨 앞에 있던 최 법사님이 시작을 했어요. 그러니까 하나둘, 다들 하게 되더라고요. '끙끙' 앓는 소리 내면서. 그런데 일주문이 보일 때쯤 되니까, 전부 매트리스 위에서 하듯 '팽팽' 구르고 있더라고요. 마지막에는 울퉁불퉁 돌이 튀어나온 바닥에서 낙법도 했으니까요. 이 행자님도 조만간 맨바닥에서 하지 않겠습니까?"

마지막 말을 하면서 강 행자가 웃어 보였다.

이 행자는 누가 뾰족한 돌로 자기 등을 사정없이 찌르는 느낌이 들었다. 그렇지만 그건 잠깐이었고 강 행자의 이야기가 원체 인상적이어서 이 행자는 그의 말이 마음에 오래 남을 것 같았다. 한편, 너무나 강렬했지만 터무니없어서일까. 방에 들어서는 이 행자는 권 행자가 소나무를 부러뜨린 장면에 대한 기억이 진짜인지 가짜인지 헷갈렸다. 어떤 사실이 믿기지 않으면 살을 꼬집어 본다는데 이 행자는 아까 그러지 못한 게 아쉬웠다.

펩시콜라

"젠장!"

이 행자의 혼잣말이 입 밖으로 튀어나오고 말았다. 어제에 이어 또 타격 훈련이 시작되어서였다.

최 법사는 오늘도 야외 수련장에서 타격 훈련을 시켰다. 정권, 수도, 그리고 팔뚝으로 수없이 나무를 쳐 댔다. 최 법사는 팔꿈치부터 손끝까지 '걸레'가 돼야 한다는 말을 어제와 똑같이 했다.

몇몇 수련자들의 시선이 종종 권 행자에게 향했다. 그러나 마법 같은 일은 벌어지지 않았다. 너무 뜨거우면 빨리 식는다는 말처럼, 너무나 강렬했던 일이라 언제 그런 일이 있었냐는 듯했다. 대중들 뇌리에서 불과 하루 만에 어제의 일은 사라지고 있었다.

"다음, 이 행자님!"

최 법사가 말했다.

"하나! 둘! 셋…."

이 행자는 구령을 멈췄다.

"이 행자님, 계속하세요."

최 법사의 어조는 차분했다.

"…."

최 법사의 말에도 이 행자는 꿀 먹은 벙어리였다.

일순간 수련자들의 시선이 모두 이 행자에게 향했다.

"법사님, 우리가 싸움꾼도 아닌데 꼭 이렇게까지 해야 하는지 잘 모르겠습니다. 무슨 차력사도 아니고…."

"차력사"라는 말에 권 행자의 웃음이 빵 터졌지만, 나머지는 그러지 않았다.

이 행자의 반응은 누구도 예상치 못한 것이었다. 조용하고 순해 보이기만 하던 이 행자여서 그의 말은 더 거세게 들렸다. 모두 얼어 버렸다. 권 행자도 이를 눈치채고 표정을 바꿨다. 이 행자는 한술 더 떠서 야외 수련장을 벗어나 법당으로 발길을 옮겼다.

"에이, 이 행자님, 왜 그러세요?"

강 행자가 이 행자의 팔을 붙들었다.

웃으며 이 행자의 팔을 붙드는 강 행자가 아니었다면 무슨 일이 일어났을지 모르는 일이다.

"전부 자리에 앉습니다. 앉아서 좌관[18]하겠습니다."

최 법사가 말했다. 그의 얼굴엔 당황한 기색이 역력했으나 목소리는 차분했다. 강 행자의 손에 이끌려 이 행자는 아까 있던 자리로 돌아왔다.

이 행자는 '하라면 할 것이지. 선무도 수련 한 달짜리가…'라는 생각을 했다. 주지 스님이 아시면 당장 쫓겨나겠구나 싶었다. 정신이 드는 건 언제나 일이 벌어진 다음이었다.

좌관 10여 분이 지났을 때 최 법사가 말했다.

"오늘 수련 중 있었던 일은 말하지 말아야 합니다. 여러분끼리도 말하지 않았으면 합니다. 타격 훈련은 당분간 하지 않겠습니다. 전혀 안 하겠다는 것이 아니라 당분간입니다."

이 행자는 가시방석에 앉은 기분이었다. 최 법사는 말할 것도 없고 모두에게 미안했다. 창피하고 부끄러웠다. 쥐구멍이라도 있으면 들어가고 싶었다.

이 행자는 스스로 두 가지 자신의 행동을 꾸짖었다. 감정, 거부감을 통제하지 못한 자신과 혼자 나무 차기는 하면서 타격 훈련은 거부하는 자기모순. '너 왜 그랬어?' 문득 흑등고래의 말이 떠오르기도 했다.

---

18 좌관坐觀: 앉아서 몸, 호흡, 마음을 고요히 바라보는 것.

그러면서도 누군가 자기에게 다가와 "괜찮아. 그럴 수도 있지. 잊어버려!"라고 말해 주길 바랐다. 이 행자는 수련이 끝나자 도망치듯 자기 방으로 향했다.

"강 행자님, 이 행자님 방이 저긴가요?"

최 법사가 요사채 2층을 가리키며 물었다.

"예, 법사님. 제 방 바로 위층입니다."

최 법사는 가정이 있어 일주문 밖에 시골집을 얻어 지냈는데, 바로 집으로 가지 않았다.

촤라락!

최 법사는 종무소 앞에 있는 자판기에서 펩시콜라 두 캔을 뽑았다. 그걸 들고 이 행자 방으로 갔다. 그는 문을 두드리고 방으로 들어갔고, 20여 분 지나서 방을 나왔다.

장 사범

이 행자는 이도익이라는 자기 이름이 잊히는 느낌이 들었다. 본명을 묻는 사람이 없었다. 임 행자, 강 행자, 보연 보살, 법상 스님, 지철 스님, 절간에서는 성姓과 법명法名이면 족했다. 굳이 서로 이름을 알고 지낼 필요가 없었다.

잃는 것이 있으면 얻는 것도 있게 마련인가. 이 행자는 '이도익'을 잃는 대신 '이 행자'라는 호칭을 얻었다. 새로운 만남도 있었다. 주지 스님, 지철 스님, 강 행자, 권 행자, 최 법사, 오고 간 몇몇 처사들, 종무소와 공양간에서 일하는 보살을 만났다. 더불어 늙은 고래의 잠언과도 같은 책을 만난 것도 만남이었다. 인사만 할 뿐 아직 대화를 나누지 못한 법상 스님이나 임 행자와의 만남도 이 행자를 기다리고 있었다. 전에는 그러지 않았는데 그는 만남이란 말에 남다른 의미를 부여했다.

장 사범이 절에 들어온 건 산사에 진달래꽃이 퍼질 때였다.

최 법사가 웬 낯선 사람과 수련장에 들어왔다.

"수련 시작하기 전에 소개할 사람이 있습니다."

최 법사가 말했다. 그는 고개를 들지 않았다. 그는 어느 때고 사람들의 눈을 쳐다보지 않는다.

"저한테는 사제이고 여러분한테는 사형이 될 겁니다. 장 사범님! 앞으로 나와서 간단히 인사 한마디 하시죠?"

이 행자는 최 법사가 말할 때마다 전보다 더 자세를 바르게 하고 꼿꼿이 하려 했다.

장 사범은 10년 전 이곳에서 선무도를 지도했고 그 이전에는 행자 생활도 했단다. 그는 스님처럼 삭발했다. 그의 짙은 눈썹과 검은 눈동자에서 남다른 기운이 느껴졌다. 선무도 수련을 오래 해 온 덕으로 보였다.

장 사범은 친화력이 좋은 사람이었다. 입산 첫날부터 경내를 자기 집처럼 돌아다녔다.

이 행자가 장 사범과 친해지는 데도 시간이 걸리지 않았다. 장 사범이 사교적인 데다 유머러스하고 상대를 편하게 해서이기도 했지만, 요는 이 행자의 진지한 수련 태도에 장 사범이 관심을 보였기 때문이다.

이 행자는 정규 수련이 끝나면 늘 야외 수련장으로 직행했다. 그곳에서 주로 나무 차기와 점프 발차기를 했다. 자투리 시간을 최대한 활용했다.

"장 사범님, 어디 가십니까?"

야외 수련장에서 나무 차기를 하던 이 행자가 장 사범을 발견하고 그를 불렀다.

"요 아래 양지바른 데서 좌관이나 하려고요."

"아, 네."

"행자님 옆차기가 묵직하고 좋습니다."

장 사범은 이 행자에게 다가가며 말했다.

"저는 제가 옳게 하는 건지 잘 모르겠어요."

"아까 보니, 행자님들 중에서 이 행자님 옆차기가 제일 낫던데요?"

장 사범과 이 행자의 거리가 아까보다 더 가까워졌다.

"장 사범님, 저는 한 달밖에 안 됐어요. 지난달에 선무도 시작했거든
요."

"한 달 만에 어떻게 그런 자세가 나옵니까?"

장 사범이 눈을 찡그리며 미심쩍어했다.

"정말 한 달밖에 안 됐습니다."

"그래요? 너무 잘하면, 사람들이 시기할 텐데…."

장 사범의 목소리는 들릴 듯 말 듯 했다.

"때때로 실력을 숨길 필요가 있더라고요. 살살 하세요."

장 사범이 한마디 더했다.

"…."

"가을 되면 감나무 차기도 해 보세요."

"살살 하라면서 감나무 차기를 하라뇨?"

이 행자는 눈살을 찌푸렸다.

"그런가요? 허허! 하여튼 종무소 뒤에도 감나무가 있고 오류탑 주변
에도 몇 그루 있잖아요? 점프해서 옆차기로 감나무를 차면 감잎이 떨

어져요. 그럼 옆차기 했던 발로 떨어지는 감잎을 돌려차기 하는 거죠. 주지 스님이 예전에 그렇게 수련하셨답니다. 지금처럼 계속 수련하면 초가을에 행자님 옆차기에 감잎이 우수수 떨어지겠는데요?"

"초가을이면 감잎이 파릇파릇 쌩쌩할 때인데. 나뭇가지를 잡고 흔들어도 안 떨어질걸요."

이 행자는 장 사범의 말이 듣기 싫지 않았다. 하지만 아닌 건 아니었다.

"출출하네요. 좌관이고 뭐고 마음에 점부터 찍어야겠어요."

장 사범이 말했다.

"네? 마음에 점을 찍다니요?"

"점심이란 말이 마음에 점 찍는다는 말 아닙니까?"

"아, 점심點心! 그러고 보니 재밌는 말이네요."

이 행자가 웃으며 고개를 끄덕였다.

"근데 장 사범님, 제가 전에 물어본 적 있나요?"

"어떤 걸요?"

"'마음에 점을 찍다니요?'라고 물어본 적 있는 거 같아서요."

"이 행자님, 무섭게 왜 그러십니까? 지금 우리 처음 대화하는 거잖아요? 저 오늘 절에 왔거든요!"

"그죠? 근데 예전에 방금 전과 똑같은 대화를 했던 거 같아서…."

"이 행자님?"

장 사범은 어이없어했다.

'기시감, 이런 걸 기시감이라고 하나?'

이 행자는 기시감에 빠져들었다. 한 번도 경험한 적 없으나 이전 언젠가 경험했거나 보았던 것같은. 방금 전 장 사범과의 대화는 영화의 한 장면을 세월이 흐른 뒤 우연히 다시 보는 느낌이었다. 장 사범의 말투, 표정… 익숙했다.

'이것이 기시감이 아니라면, 실제 있었던 경험에 대한 기억일까?'

엉뚱한 궁금증이 이 행자의 마음에 일었다. 그러다가 실제 있었던 경험에 대한 기억일 리는 없기에 그 개연성에 대해 잠시라도 생각했던 자신이 순간 한심스러웠다.

"아, 참. 그렇게 세게 나무를 차다 보면 두어 달 지나 나무가 말라 죽을 겁니다. 나무도 생명체인데 나무가 얼마나 아프겠습니까? 맞은 데 또 맞고, 계속 맞고. 안 그래요? 그 나무도 행자님 수련 도와주는 도반[19]이라 여기세요. 나중에 나무 밑동에 막걸리라도 뿌려 주고요."

장 사범은 그렇게 말하고 내려갔다. 그는 이 행자의 표정 변화에는 신경 쓰지 않았다.

밤 10시 무렵. 이 행자가 개운하게 샤워한 다음 방에서 쉬고 있을 때였다.

똑똑!

누군가가 이 행자의 방문을 두드렸다.

---

19 도반道伴: 함께 불도를 닦는 벗.

"이 행자님, 장 사범님이 방으로 오랍니다."

강 행자가 방 안으로 얼굴만 빼꼼히 내밀었다.

밤 10시. 새벽 4시부터 하루를 시작하는 절에서는 자정이 훌쩍 지난 시간이나 다름없었다. 이 행자는 강 행자와 함께 장 사범에게 갔다.

세 사람이 조그만 방에 앉았다. 콘센트 아래 커피포트 물이 팔팔 끓었다. 장 사범은 검은 비닐 봉투에서 컵라면과 참치 캔, 계란을 꺼 냈다. 조그만 컵라면을 꺼내는데 비닐 봉투가 만들어 내는 바스락 소 리가 왜 그리 큰지, 이 행자는 방 밖으로 소리가 새어 나갈까 걱정이 됐다.

"이거 하나씩 받으세요."

장 사범이 강 행자와 이 행자에게 컵라면, 참치 캔, 그리고 계란 한 개씩을 주었다.

"자, 저처럼 이렇게. 계란 하나 깨 넣고. 참치도 다 넣어서."

강 행자는 장 사범이 하라는 대로 따라 했다.

"이 행자님, 왜 가만히 계세요? 제가 해 드릴까요?"

강 행자가 물었다.

"임 행자님하고 권 행자님은요?"

이 행자가 되물었다.

"둘 다 완전히 곯아떨어졌어요. 안 일어나요."

"…"

"이 행자님, 또 왜 그러세요?"

여전히 가만히 있는 이 행자를 보고 강 행자가 말했다.

"이렇게 늦게 이런 거 먹어도 되나 싶어서요. 주지 스님이 아시면…"

"걱정도 참. 이 행자님, 괜찮아요. 수련이며 울력이며 어떻게 풀만 먹고 그걸 다 합니까? 10년 전에 사범 생활 할 때도 제가 행자님들한테 가끔 이렇게 해 주곤 했어요. 아무튼, 이게 화룡점정이라는 거 아닙니까?"

장 사범은 "화룡점정"이란 말과 함께 호주머니에서 마늘을 꺼냈다. 그것을 컵라면에 몇 개씩 넣었다.

"불교에서는 마늘 먹으면 안 되지 않습니까? 금기 음식 아닌가요?"

강 행자가 물었다.

"그게 오신채[20] 중에 하나이긴 한데, 마늘 먹지 말라는 말은 경전 어디에도 없어요. 그게 다 도교 영향 때문 아닙니까? 삼계탕을 먹어도 시원찮을 판에. 자, 듭시다!"

장 사범이 라면을 휘저으며 말했다.

강 행자는 국물부터 마셨다. 이 행자는 마늘을 깨물며 알싸한 맛에 미간을 찌푸렸다. 세 사람은 순식간에 국물 한 방울 남기지 않고 '순삭' 했다. 이마와 눈가, 콧잔등에 땀방울이 맺혔다.

"'이런 거 먹어도 되냐?', '금기 음식 아니냐?' 시큰둥하시더니, 아주 깨끗이 드시네요?"

장 사범의 말에 이 행자와 강 행자는 말없이 미소만 지었다.

---

20 오신채五辛菜: 자극성이 있는 다섯 가지 채소.

"이 행자님은 나이가 어떻게 됩니까?"

장 사범이 콧등에 맺힌 땀을 닦으며 뜬금없이 나이를 물었다.

"스물아홉입니다."

"스물아홉? 서른은 훨씬 넘어 보이는데요?"

장 사범이 웃으며 말했다.

"그런 얘기 처음 듣습니다. 스물아홉 맞아요."

"서른아홉 아닙니까?"

이번엔 강 행자가 웃으며 말했다.

"강 행자님까지 왜 그러십니까?"

"이 행자님, 농담이에요. 근데 노안은 노안이네요."

"강 행자님, 그만. 강 행자님은 나이가 어떻게 되세요?"

장 사범이 강 행자의 나이도 물었다.

"저는 스물다섯입니다."

"그럼, 말 놔도 되겠네. 내가 마흔둘이니까."

장 사범의 말에 두 행자는 고개를 끄덕였다.

강 행자가 검은 비닐 봉투에 쓰레기를 담으려 하자,

"그냥 놔둬! 내가 치울 테니. 어서 가서 쉬시게."

장 사범이 강 행자가 들고 있던 검은 비닐 봉투를 빼앗아 들었다.

"장 사범님, 다음에도 이렇게 먹을 수 있을까요?"

강 행자가 조심스레 물었다.

장 사범은 고개를 끄덕였다.

태양이

"장 사범님, 공양하셨어요?"

아침 일찍 출근한 보연 보살이 종무소 문밖으로 얼굴을 내밀며 말했다. 보연 보살은 종무소에서 일하는 시무장이다. 주로 절의 회계와 신도 관리를 했다.

"네, 지금 막 했습니다."

"주지 스님께서 아침에 장 사범님하고 행자님들 뵙자고 하시네요. 아마 지금 행자님들하고 올라가시면 될 거예요."

"무슨 일 있는 건 아니죠?"

"글쎄요. 그냥 차담 하시지 않겠어요?"

장 사범은 행자들과 함께 주지 스님을 찾아뵈었다.

주지 스님은 장 사범과 행자들에게 안부를 물었고 내일모레 방송 촬영이 있을 거라 했다. 그런 다음 조금 결이 다른 이야기를 꺼냈다.

"절이란 곳이 본래 많은 사람이 바람처럼 머물다 가는 곳이야. 오는 사람이 있으면 가는 사람이 있게 마련이지. 시기야 다르겠지만 언젠가는 자네들도 여길 떠나지 않겠나? 안 그냐? 한곳에 영원히 머무를 수는 없는 거거든."

장 사범과 행자들은 조금 의아한 표정을 지었다.

"어디든 머무르는 동안 화합하며 잘 지내는 것이 제일 중요한 거야.

어쩌면 선무도를 배우고 계를 받고 깨달음에 이르는 것은 다음 일이지."

주지 스님이 장 사범과 행자들에게 차를 권했다. 그러고는 종무소로 전화했다.

"그래, 보연 보살. 학생 한 명 온다고 했는데. 지금 막 왔나? 부모님은 종무소에 계시라 하고, 학생 데리고 같이 좀 올라와. 그래. 지금."

주지 스님이 전화를 끊고 장 사범과 행자들을 바라보았다.

"너희들이 함께 지낼 아이가 있어. 열다섯 살 된 아인데, 지적장애가 있어. 잘 보살펴 주고. 애가 말귀 못 알아듣고 행동 굼뜨다고, 혹은 그냥 귀찮다고 소홀히 하는 사람 없도록 해. 이름이 태양, '최태양'이야."

"거시기 그러면 스님, 태양이는 누구랑 방을 같이 거시기합니까?"

권 행자가 스님에게 물었다.

"권 행자는 맨 거시기, 거시기 하는데, 거시기 좀 하지 마라. 무슨 말인지 내 알겠지만, 자네가 무슨 장애가 있는 것도 아니잖아? 좀 고쳐! 태양이가 배우면 어쩌려고 그래? 권 행자, 알겠나?"

권 행자는 머리를 긁적였다. 권 행자를 보고 강 행자와 이 행자는 진지한 표정을 짓기 어려웠다. 그렇다고 주지 스님 앞이라 웃지도 못했다.

"스님, 보연 보살입니다!"

보연 보살이 남자아이 한 명을 데리고 들어왔다.

"태양아 일루 온나. 여기 전부 네 형이고 삼촌이다."

스님이 말했다.

태양이는 중학교 2학년. 얼굴에는 여드름이 이마에서 턱까지 덕지덕지 가득했다. 스님은 태양이를 임 행자와 같은 방을 쓰게 했다.

대중들은 처음에 태양이가 말을 안 해서 언어장애가 있는 건 아닌지 의심했다. 그러나 얼마 지나지 않아 태양이가 질문이 많은 아이란 것을 알게 되었다. 그런 태양이의 질문은 하나같이 단순하고 뻔했다. 그래서 시간이 지나며 대중들은 점점 건성으로 대답하거나 질문을 잘 들으려 하지 않았다. 태양이의 물음에 "그래.", "어.", "아니." 하고 짤막하게 답할 뿐이었다. 심지어 태양이를 쳐다보지도 않고 말하기도 했다.

"행자님, 행자님은 형이 많아요?"

태양이가 이 행자에게 다가왔다.

"아니."

"행자님, 저같이 어린 애한테는 형이 많은 게 좋은 거죠?"

"그래."

"헤헤, 저는 형이 많은데. 행자님들이 전부 저한테 형인데. 저는 좋은 거네요?"

"어."

"사람하고 얘기할 때 얼굴 보고 얘기하는 게 맞는 거죠?"

"그래."

"근데 행자님은 왜 제 얼굴 안 보세요?"

태양이는 도발적인 면이 있었다.

촬영

지난밤 10여 명의 방송국 스태프들이 절에 들어오는 바람에, 고요해야 할 경내가 조금 소란스러웠다. 다음 날 동해 바다 일출을 배경으로 감은사지와 감포 앞바다에서 선무도 촬영이 예정되어 있었기 때문이다. 스태프들은 경주 남산과 시내 촬영을 마치고 늦은 밤이 돼서야 입산하게 되었다. 잠자리를 안내하는 보연 보살과 강 행자에게 그들은 죄송하다는 말을 연발했다.

새벽 예불이 끝나자마자 최 법사와 행자들은 공양간 앞으로 내려갔다. 공양간 앞에는 두 대의 승합차와 SUV 차량 한 대가 대기하고 있었다. 최 법사와 행자들 그리고 방송국 스태프들이 모두 차에 올랐다.

먼저 감은사지로 향했다. 감은사지도 감포 앞바다도 골굴사에서 가까웠다. 차로 10분 이내 거리였다. 감은사지에 도착하자 최 법사와 장 사범은 촬영팀과 이야기를 시작했다. 이야기를 주도하는 이는 PD나 촬영감독이 아니라 최 법사와 장 사범처럼 보였다. 촬영팀은 최 법사가 가리키는 위치에서 촬영을 시작했다.

우리나라에 현존하는 가장 큰 석탑. 높이 13.4미터. 거대한 감은사지 삼층석탑에 빨갛고 노란 아침 햇살이 비쳤다. 웅장하고 신비로웠다.

감은사지 삼층석탑을 배경으로 최 법사, 장 사범, 강 행자의 선무도 시범이 있었다. 촬영이 끝나고 바로 감포 앞바다로 이동했다. 푸른 동해 바다와 마주하고 최 법사와 장 사범 그리고 강 행자가 영정좌관과 영정입관 시범을 보였다. 그곳에서도 시범은 세 사람만의 몫이었다. 촬영은 일사천리로 진행됐다.

임 행자는 평소와 다름없이 말 한마디 없었다. 그는 촬영에 별로 관심이 없어 보였다. 그러나 이 행자는 간단한 인터뷰라도 하지 않을까 싶어, 혹은 선무도 기본동작 시범을 하게 될지도 모른다는 생각에 골굴사에서부터 내내 긴장의 끈을 놓지 않았다. 그건 권 행자도 마찬가지. 하지만 촬영을 마치고 골굴사로 돌아올 때까지 이 행자와 권 행자에게는 기회가 없었다. 촬영 과정을 지켜보기만 했다.

절집 식구들과 촬영을 끝낸 방송국 스태프들은 아침 공양을 했지만, 이 행자는 하지 않았다. 이 행자는 먼저 방에 들어와 쉬었다. 긴장했던 마음이 풀리자 새벽 찬 바람을 맞으며 움츠러들었던 몸이 나른해졌다. 이 행자는 눈꺼풀이 감겼다.

"이 행자, 뭐 해?"

장 사범이 노크도 없이 이 행자의 방문을 열어젖혔다.

"그냥 좀 누워 있었습니다."

누워 있던 이 행자가 몸을 일으켰다.

"방바닥이 따뜻하네!"

장 사범이 이불 밑으로 손을 집어넣었다.

"이 행자, TV 촬영하는 거 처음 봤지?"

"네."

"요즘엔 TV 촬영이 뜸해. 예전에는 한 달에 한두 번씩은 전국 지상파 방송, 지역 방송, 뭐 하여튼 참 많이도 했었는데. 한국의 소림사! 불교 전통 무예! 방송가에서 볼 땐 언제나 매력적인 콘텐츠지."

"저나 권 행자는 안 가도 됐던 것 같은데 솔직히 왜 갔는지 모르겠습니다."

이 행자가 불쑥 속마음을 내비쳤다.

"허허, 이 사람아! 같이 수련하는 사람들이니 함께하는 것이지. 촬영이 어떻게 진행되는지 보면 좋지 않나? 이 행자, 보는 게 배우는 것이여!"

이 행자는 자기도 모르게 감정을 드러낸 것이 부끄러웠다.

"장 사범님은 임 행자님하고 얘기해 보신 적 있으세요?"

얼른 화제를 돌리고 싶기도 했고 본래 궁금하기도 하여 임 행자 얘기를 꺼냈다.

"없어. 그 사람하고 얘기해 본 사람은 주지 스님밖에 없을걸. 내가 아는 건 임 행자가 부산대 법대를 나왔고 왼손이 자유롭지 못하다는 거. 그 정도."

"왼손이요?"

"장애가 있나 봐. 근데 임 행자는 왜? 임 행자하고 무슨 일 있었어?"

"아뇨! 그냥 입산해서 스님들, 행자님들, 참 많은 분 만나 얘기 나눴는데 임 행자님하고는 한 번을 얘기한 적이 없어서요."

"오늘 같은 날 촬영할 때 얘기하기 얼마나 좋아? 자네가 먼저 그냥 아무거나 물어보지 그랬어?"

"그렇긴 한데…."

"이 행자, 주지 스님이 말씀하시길 선무도 수련 첫 단계가 '자신을 보는 것'이라 하셨어."

장 사범의 말은 이 행자에게 다소 맥락 없이 들렸다.

"새로운 사람들을 만나 한 사람, 한 사람 알아 가는 것보다 자기 자신을 만나는 것이 먼저 아니겠어? '나를 내려놓고 나를 잃어버려야' 새로운 자신이 보이는 거거든. 나는 임 행자를 볼 때마다 그런 생각이 들어. '저 사람은 자신을 내려놓으면서 새로운 자신을 만나는 연습을 하는구나.' 마치 스스로 자신을 촬영하듯, 자신을 객관적으로 보면서. 그런 생각. 임 행자가 실제 그렇게 하는지는 모르겠지만 아무튼 우리는 끊임없이 자신을 보려고 노력해야 해."

이야기를 듣는 동안 이 행자는 '장 사범이 굳이 이런 얘기를 하는 이유가 뭘까?' 하는 의문이 들었다. 한편 긴 세월 알고 지낸 듯 그의 목소리가 무척 귀에 익었다. 그리고 이 느낌은 이번이 처음이 아니었다.

"이 행자, 다음부터 끼니 거르지 말고!"

장 사범은 그러고 방을 나갔다.

꿈 Ⅲ

고래가 유영하고 있다.
녀석이다.
전에 봤던 녀석.

녀석이 오늘은 혼자가 아니다.

새 한 마리가
녀석의 머리 위에서 맴돈다.

갈매기.
녀석의 머리 위에서 비행하는 새.

갈매기가 녀석의 등에 착륙했다.

갈매기는 아장아장 범고래 등 위를 걸었다.
녀석의 등에 달라붙은 해초를 쪼아 먹기도 했다.

난 너를 꽤 오랫동안 지켜봤어.

갈매기가 녀석에게 말을 걸었다.

넌 늘 혼자였어.

부모도 친구도 없다는 걸 난 알아.

바닷속으로 들어가지 않는다는 것도.

너란 녀석은 밤이니 낮이나 물 위로 머리와 등을 내밀고 있었어.

넌 다른 고래와 달라.

너 이름이 뭐니?

이름이 뭐냐고?

틸리.

내 이름은 틸리.

고래가 대답했다.

내 이름은 케토.

케토라고 해.

바다를 지배하라며 할아버지가 지어 주셨어.

하늘을 나는 새에게 바다를 지배하라니.

어이없지 않니.

앞으로 날 케토라고 불러도 좋아.

너한테만 특별히 허락할게.

케토는 틸리 곁을 떠나지 않았다.

틸리의 머리 위를 맴돌다 어딘가로 사라졌다가

이내 다시 날아와 틸리의 등에 앉았다.

틸리! 너와 나는 이제 친구야.

케토가 말했다.

3. 그리움

임 행자

    태양이가 종무소 앞을 서성이며 주변을 살폈다. 누구라도 눈에 띄면 뛰어가 질문할 기세다.

    "이 행자님!"

    아니나 다를까 이 행자가 나타나자 태양이가 달려왔다.

    "그래, 태양아! 오늘은 뭘 물어보고 싶은데?"

    "이 행자님, 남자는 말이 많으면 안 되죠?"

    "왜? 말이 많은 게 어때서?"

    "그래도 침묵이 금이니까, 말이 적은 게 좋은 거죠?"

    "그런 말도 아니? 태양이 똑똑하네!"

    "임 행자님이 우리 절에서 제일 말이 없으시죠?"

    "그래. 임 행자님은 말을 아예 안 하시지."

    "그럼, 임 행자님은 좋은 분이죠?"

    "말이 없어서가 아니라 그냥 좋은 분이지."

"임 행자님은 침묵하시니까 좋은 분이죠?"

"휴, 그래."

이 행자에게서 흡족한 대답을 듣고 나서야 태양이는 미소를 지었다.

태양이는 임 행자를 좋게 생각하려 했다. 속으로는 임 행자를 답답하거나 불편하게 여길지 모르지만.

"태양아, 임 행자님 지금 방에 계시냐?"

"네, 계세요."

이 행자는 임 행자와 차담 할 생각이다.

"똑똑!"

인기척이 없다.

"임 행자님, 저 이 행잔데요. 들어가도 되겠습니까?"

이 행자는 임 행자의 대답을 기다렸다.

임 행자가 곧 방문을 열었다. 그리고 정말 아무렇지 않게 이 행자에게 들어오라 말하고 방석을 내줬다.

"이 행자님, 여기 앉으세요."

"이렇게 불쑥 와서 실례가 아닌지 모르겠습니다."

"별말씀을 다 하십니다. 아무 때나 오셔도 괜찮습니다. 오히려 고맙죠."

임 행자와 처음 대화를 하는 것인데 이 행자는 오래전부터 임 행자와 말을 트고 지낸 느낌이 들었다.

"제가 절에 들어온 지 한 달하고도 보름인데 인사도 제대로 못 하고…. 죄송합니다."

이 행자가 말했다.

"죄송하다뇨? 별말씀을. 누가 저한테 말을 붙이겠습니까? 제가 거리를 두고 사람을 어렵게 하는데요."

이 행자는 움찔했다. 속내를 들킨 느낌이었다.

"아닙니다. 그래도…."

"차 한잔하시겠습니까?"

"아, 네."

차를 준비하는 임 행자를 바라보며 이 행자는 후회했다. 그동안 왜 그렇게 임 행자에게 먼저 다가가지 않았는지. 그리고 입 안에서 여러 물음이 맴돌았다.

"임 행자님, 저기, 임 행자님은 어떻게 출가하시게 되었어요?"

이 행자의 물음은 진부했다.

"…."

임 행자는 자세를 고쳐 앉았다. 그는 잠시 침묵하다가 조금 무거운 이야기를 꺼냈다. 임 행자의 답변이 뜻밖이어서 이 행자는 가만히 듣고만 있어야 했다.

임 행자는 한때 자신이 진실한 사람을 만나 본 적이 없고 자신이 사랑한 이들이 전부 속물이었다는 생각을 했단다. 그러나 거짓으로 포장하며 지낸 사람은 바로 자신이었고, 자기만 한 속물도 따로 없다는 것을 뒤늦게 깨달았다고 한다. 이야기는 어둡고 무거웠다. 이 행자는 듣는 내내 딱히 할 말이 없었다. 불편하기도 했다.

"식겠어요. 차 드세요."

임 행자는 왼손으로 찻잔을 받쳐 들며 말했다. 장 사범 말대로 임 행자는 왼손이 불편해 보였다.

"녹차가 술이 아닌데, 술 한잔 걸친 것 마냥 취기가 돕니다. 제가 별 소리를 다 하네요."

임 행자는 이 행자의 표정을 살피며 말했다.

"녹차 맛이 아주 좋은데요. 향도 좋아요. 근래 먹었던 녹차 중에 최곱니다."

이 행자는 화제를 돌렸다.

"사실 저는 가족이 있어요. 어린 두 딸이 애들 엄마랑 울산에 살아요."

임 행자가 무심하게 말을 툭툭 던졌다. 이 행자는 놀라지 않았다. 임 행자의 방금 전 이야기와 흔히 볼 수 있는 요즘 가정의 세태를 고려하면 짐작할 만했다.

"이 행자님, 저는 출가하려는 게 아니에요. 잠시 머무른다고 하는 게 맞을 거예요."

"아, 네."

이 행자는 임 행자를 이해할 수 있었다.

"따님들은 몇 살이에요?"

"큰아이가 열다섯 살, 작은애가 열세 살. 두 살 터울이에요."

"사춘기네요."

"…"

임 행자는 말없이 미소 지었다.

"이 행자님은 가족이 어떻게 되세요?"

"…"

이 행자는 바로 대답하지 못했다. 질문을 받자마자 가족의 모습이 떠올랐지만, 거기엔 엄마가 없었다. 아니, 엄마의 모습이 까맣게 보였다. 현기증이 났다. 가족 이외에 몇몇 사람들이 뇌리를 스치기도 했다. 이상한 건 그 사람들은 이 행자가 아는 이들이 아니라는 것이었다. 이 행자는 미간을 찌푸렸다.

"제가 괜한 질문을 했나 봐요. 아무튼, 얼마 전부터 마음을 열고 지내야지 했는데. 이 행자님 덕분에 며칠 빨라졌습니다. 행자님과 차 한 잔하게 돼 감사합니다."

돌연 굳어진 이 행자의 표정을 보고 임 행자가 말했다.

"이렇게 불쑥 찾아왔는데도 반겨 주셔서 제가 감사하죠."

"이 행자님, 제가 이제 태양이 좀 찾아봐야겠어요. 녀석 검정고시 공부해야 하는데 책상 앞에 앉아 있질 않네요."

임 행자는 다관茶罐과 찻잔을 정리했다.

"아마 태양이 지금 종무소에 있을 거예요."

자리에서 일어나며 이 행자가 말했다.

"그래요?"

"네, 아까 거기 있었거든요. 딱히 어디 갈 데도 없고 아직 종무소에 있을 거예요."

그리움

너희들 여기가 어딘지 아니?

기억하는지 모르겠지만 내가 너희들을 처음 만난 곳이 바로 여기야. 이곳은 내게 특별해. 특별한 이유는 여기가 너희들을 처음 만난 곳이어서가 아냐.

오래전 여기서 지낼 때 나는 가장 건강했었어. 재밌는 생각을 참 많이도 했어. 수많은 꿈을 꾸었고 자유를 노래했지. 내 머리에서 일어나는 생각들을 무대 삼아 춤을 췄어. 사랑하는 연인을 만난 곳도 여기야. 그래서 이곳이 내게 특별한 거야. 말하자면 내 청춘이 머문 곳이지. 아름다웠어. 나는 가끔 그때를 생각해. 아! '좋은 적'에 대해 말하면서 혹등고래를 만났던 이야기 했었잖아? "너 왜 그랬어?"라는 말을 남기고 가 버렸다는 혹등고래. 그를 만난 곳이 여기서 멀지 않아. 바로 여기나 마찬가지지. 이곳이 특별한 이유가 하나 더 있군.

비록 너희들이 어리지만, 너희들에게도 특별한 장소가 있을 거야. 그곳은 너희들의 과거와 연결되어 있을 테지. 그곳에 가면 우선 너희들은 무척 즐거울 거야. 보고 싶은 친구가 생각날지 몰라. 잊혀진 감정이 되살아나기도 하지. 분기하며 물 밖으로 솟아오르기도 하는데, 그건 기쁨에 겨워서일 거야. 마치 청춘의 해답을 찾은 짜릿함이랄까.

나이가 들수록 망각이 우리 기억에 더 크게 작용해. 그래서 세월과 함께 많은 것들이 잊혀져. 잊어 가고 있음을 인지하지도 못한 채. 어쩔 수 없는 일이지. 그러다 알 수 없는 힘에 이끌려 어떤 곳에 이르게 돼. 그곳이 자기만의 특별한 장소, 마음의 고향이야. 그래, 마음의 고향. 마음의 고향이 있다는 거. 너무 위로가 돼. 그리운 친구가 있다는 거. 사랑했던 연인이 있다는 거. 비록 그들은 가고 없지만 그리움 자체가 우리 마음을 따뜻하게 해 주잖아. 그리움은 우리 마음속 어딘가에 숨었다가 불현듯 나타나는 따뜻함이지. 그래서 그리움은 아프거나 슬픈 게 아냐. 그리움에는 특별한 향기가 있어. 정말 그래.

그런데 한 가지 예외가 있어. 그리움이 아프기도 해. 바로 엄마, 아빠에 대한 그리움이야. 나는 부모를 아주 오래전에 잃었는데…, 시간이 지나면 잊힐 줄 알았어. 시간이 지나면 더 이상 슬프지 않을 줄 알았지. 하지만 시간이 지나도 잊을 수 없어. 잊는다는 건 어리석음이지. 엄마, 아빠를 생각하면 시간이 지날수록 점점 더 마음이 아려와.

—『고래의 시』 중에서

산소

회족

기본 회족에는 내회족과 외회족이 있다. 내회족은 태권도의 돌려차기, 외회족은 태권도 뒤후려차기와 비슷하다. 조그만 돌을 실에 매달아 돌릴 때 큰 원이 그려지듯 원을 그리며 발차기 하는 것이 회족이다. 회전하는 실이 직선을 유지하는 것처럼 회족을 찰 때도 처음부터 끝까지 무릎을 펴야 한다. 그러면 몸이 직선이 된다.

차는 발이 '검'이라면 지탱하는 발은 검을 쥔 '손'과 같아서 언제나 지탱하는 발이 주인임을 알아야 한다. 지탱하는 발을 땅속의 뿌리처럼 굳건히 해 주는 것이 지대[21]임을 깨달아 끊임없이 이를 단련해야 한다.

회족은 다른 발차기와 달리 100번, 1,000번을 차도 똑같지 않다. 이런 이유로 몸과 마음 그리고 호흡을 관照하며 변화와 차이를 지켜보기에 좋은 수련이다.

— 『대금강문 함월산 선무도 이야기』 '하권' 중에서

경내 골짜기에 부는 바람이 한결 따뜻해졌다.

흙을 밟으면 발자국이 선명하게 남는다. 빗물이 스며들듯 따뜻한

---

21 지대地大: 하단전. 배꼽 아래를 이르는 말.

바람이 땅속에 스며든 모양이다.

이 행자는 야외 수련장에서 홀로 수련했다.

옆차기로 나무를 100여 번 찼다. 나무 차기를 하면서 중간중간 자주 나무를 어루만져 주었다. 습관이었다. 그건 "나무가 나의 수련을 도와주는 도반"이라는 장 사범의 말을 들은 다음부터 생겨난 것이다.

이 행자는 옆차기를 한 다음, 자신의 키 높이에 있는 나뭇가지를 타깃 삼아 회족을 연습했다. 회족을 찰 때는 지탱하는 발의 앞축이 회전하면서 땅이 계속 파였다. 한 뼘씩 발의 위치를 옮겼다. 그렇게 해도 땅이 금방 파여서 다시 위치를 옮겨야 했다.

회족을 연습할 때 이 행자는 멈추고 생각하는 시간을 자주 가졌다. 만족스럽지 않아서였다. 발의 높이, 스피드, 균형, 각도가 마음먹은 대로 되지 않았고 발끝부터 골반, 허리, 어깨가 시야에서 벗어나기 일쑤였다. 또한, 번번히 호흡을 놓쳤다. 그래서 생각한 것이 하나씩 하나씩 한 가지에 집중하는 것. 먼저 힘을 빼는 연습을 했다. 다음에는 차는 발을 멀리 보내는 데 집중했다. 그다음엔 팔 동작에, 그리고 호흡에 신경을 썼다.

"이놈의 회족은 해도 해도 마음에 들지가 않아!"

이 행자는 중얼거리며 한숨을 내쉬었다. 그의 발길이 산길을 향했다. 이 행자는 산길을 걷다 보면 답답함이 가실 것 같았다.

10여 분 산을 오르니 저 앞에 친숙한 산소가, 그리고 거기엔 잡초를 뽑고 있는 강 행자가 있었다. 그는 이 행자를 눈치채지 못했다.

"으흠, 으흠!"

이 행자는 조용히 다가가 적당한 거리에서 기침 소리를 냈다.

"이 행자님, 수련하러 오셨나 봅니다!"

강 행자가 뒤돌아보며 말했다.

"수련은 벌써 저기 야외 수련장에서 했습니다."

"그럼 산행하시려고요?"

"아뇨. 그냥 여기 잔디에 앉아서 강 행자님이랑 좀 쉴까 해서요. 여기서 바라보는 풍경이 참 좋잖아요!"

이 행자가 산소를 등지고 앉았다. 강 행자도 이 행자 옆에 자리 잡았다.

"강 행자님은 마음이 곱습니다."

"네? 마음이 곱다니요? 생뚱맞게 무슨…."

"제가 저쪽에서 다 봤거든요."

"다 보다뇨? 뭘요?"

"주인 없는 산소를 대하는 행자님을, 제가 저쪽에서 다 봤어요. 보통 사람들은 그렇게 못 합니다. 안 하죠."

"아, 그거요. 근데 이 행자님!"

"네."

"이 산소는 주인 없는 산소가 아니에요."

이렇게 말하고 강 행자는 고개를 돌렸다.

"…."

"어머니 산소예요."

강 행자는 여전히 고개를 돌리고 있다.

"어머니 산소라뇨? 누구 어머니…?"

"제 어머니 산소라고요!"

"네? …아, 죄송합니다. 저는 이렇게 높은 곳에, 산중에는, 주인 없는 산소들이 워낙 많아서…"

이 행자는 어쩔 줄 몰라 했다. 강 행자의 어머니 산소란 걸 이 행자가 어떻게 알 수 있었겠냐마는, 이 행자는 미안했다. "주인 없는 산소"라고 말한 것도 미안했다.

"어머니 산소인 걸 행자님이 어떻게 알겠습니까? 제가 괜한 말을 했습니다."

강 행자는 무덤덤했다.

"어머니께서 혹시 편찮으셨어요?"

"…"

"아니, 제 말은 너무 일찍 돌아가신 것 같아서. …제가 또 생각 없이 말했죠? 미안합니다."

"제가 외아들이에요. 외아들인데 아버지는…"

이 행자의 말은 들은 체 만 체, 강 행자는 이때부터 지난 이야기를 했다.

"아버지는 제가 네 살 때인가 그때 돌아가셨고, 어머니가 돌아가신 지는 2년 됐어요. 2년 전 한여름 폭염에 순전히 저 때문에 돌아가셨어요."

"강 행자님! 에이, 왜 그렇게 생각하세요? 부모 돌아가시면 자식들이야 다 자기 탓인 것 같고 죄책감이 들긴 하지만 그렇다고…"

"아니에요. 저 때문에 돌아가신 거 맞아요."

강 행자는 쓴웃음을 지었다.

"그렇게 제가 공부하길 바라셨는데. 전 공부에 흥미가 없었어요. 중학교 때도 고등학교 때도 선생님들 얘기가 하나같이 똑같고 재미없더라고요. 저 혼자 잘난 줄 안 거죠. 그러다 가출하기 시작했어요. 한 번 하니까, 두 번 세 번은 일도 아니었어요. 복싱 체육관에서 운동 배우면서는 맨날 싸움질하고 애들 패고 다녔어요. 뭐가 그렇게 불만이었는지, 불만이 얼굴에 가득해서 아주 공격적이었죠. 누가 쳐다만 봐도 기분이 나빴어요. …고등학교 2학년 때 학교 그만뒀어요. 퇴학! 그러고 나서도 정신 못 차리고 동네 형들 따라다니면서 건달 짓을…"

이 행자는 뭐라 할 말이 없었다.

"그리고 또 무슨 일 있었는지 아세요?"

"…"

"깜빵까지 갔다 왔으니, 말 다 했죠."

이 행자는 표정 관리가 안 됐다.

"어머니가 저 옥살이할 때 천일기도를 하셨어요. 하나밖에 없는 아들 위한다고. 여기 골굴사에서."

"…"

"우리 집이 한지마을이라고 여기서 멀지 않거든요. 하여간 옥살이하고 나와서 어머니하고 잠깐 지냈었죠. 7월 말이었어요. 그날도 어머니는 기도하신다고 절에 가셨는데 워낙 햇볕이 뜨거워서, 저도 자식이랍시고 양산하고 생수 한 병 들고 법당에 왔었어요. 걱정됐죠. 우리 어머니가 앙상하게 말랐거든요. 근데 연신 얼굴에 흐르는 땀을 닦으면서 하염없이 절하는 어머니, 어머니 옆모습을 보니까…, 막상 보니까, 저 자신에게 화가 나고 어머니한테 너무 죄스러운 마음에 눈물이 고이더라고요. 그래서 가져갔던 양산하고 생수병을 그냥 법당 옆 계단에 놓고 가 버렸죠."

"왜요? 그래도 직접 전해 드리지 않고…."

"그러게요. 그날 어머니 양산 씌워 드리고 같이만 왔었어도…."

"그럼…."

"기도 마치고 돌아오시다 쓰러지셨어요. 그리고… 일어나질 못하셨죠. 주지 스님이 어머니 장례 치러 주시고 산소도 여기 마련해 주셨어요. 이 행자님, 그거 아세요? 그때 장례가 끝난 후에도 양산하고 생수병이 법당 옆 계단에 그대로 있는 거예요. 그걸 보는 제 마음이 어땠겠어요?"

"…."

이 행자는 마음은 굴뚝같은데 뭐라 위로의 말을 건네지 못했다.

"그날, 장례가 끝나고 주지 스님이 이상한 위로를 해 주셨어요."

"이상한 위로?"

"네. 좌관하다 보면, 누구든 만날 수 있다고. 염원하는 사람은 누구든. 엄마도 볼 수 있다고."

"꿈속에서 만나는, 그런 거네요."

"아뇨. 현실 만남과 똑같대요. 스님은 양익 스님을 종종 찾아뵙는다고. 좌관하며. 대화도 나누고 궁금한 것도 여쭙고."

"말도 안 돼요. 양익 스님이면, 2006년도에 좌탈입망[22] 하셨잖아요?"

"맞아요."

"강 행자님, 그렇게 따지면 세종 대왕, 이순신, 부처님, 예수님, 다 만날 수 있는 거네요. 말이 됩니까? 무협지에나 나오는 얘기를⋯."

"그게 다 가능하대요. 제가 하는 얘기가 아니라 주지 스님이 그러셨다니까요. 그래서 좌관하면 지혜를 얻을 수 있고 참선을 공부한다고 말하는 거래요."

"그럼, 강 행자님도 그런 적 있어요? 좌관하며⋯. 아, 어머니 뵙고, 하고 싶었던 이야기 나누시면 되겠네요!"

"그런 능력이 생겨도, 생기더라도 저는 어머니하고 마주할 수 없어요. 자신 없어요."

"왜요?"

"그냥 그래요. 그리워하는 거로 족해요."

"아무튼, 이상한 위로⋯. 맞네요."

"이 행자님, 그리움이 뭐라고 생각하세요?"

---

22 좌탈입망坐脫立亡: 앉거나 선 자세로 열반하는 일.

"그리움이요? 글쎄요."

"그리움은 만날 수 없는 사람을 생각하는 거예요. 만날 수 없는 사람과 함께했던 시절을 생각하는 거죠. 만날 수 없는 사람이 했던 말을 되새기는 거. 어머니 돌아가시고 온종일 어머니만 생각한 적은 없지만 저는 단 하루도 어머니를 생각하지 않은 날이 없어요."

이 행자는 미간을 찌푸리며 손가락으로 관자놀이를 만졌다.

"이 행자님, 어디 불편하세요?"

"아뇨. 그냥 어지럼증이…."

"제가 옛날얘기를 너무 장황하게 해서 그러신가 보다. 이상한 얘기도 해서. 그만 내려갈까요?"

두 사람은 자리에서 일어나 엉덩이를 털었다. 좁은 산길을 내려갔다. 이 행자는 단 하루도 어머니를 생각하지 않은 날이 없다는 강 행자의 말을 떠올렸다. 다시 현기증이 났다. 현기증, 무협지에나 나올 법한 얘기 때문은 아니었다.

편지

간밤에 꿈을 꾸었다. 이번엔 꿈속에서 고래를 본 게 아니라 학생을 만났다. 입산하기 전 이 행자가 중·고등학교에서 교사로 근무했었기 때문에 그런 꿈을 꾼 것 같다.

지난밤 꿈에 대해 이 행자가 기억하는 것은 두 개의 장면이다. 두 명의 학생이 수업 도중에 일어나서 이 행자에게 인사하고 교실 밖으로 나가는 장면과, 교실 밖으로 나간 두 명의 학생이 교실을 떠나지 않고 복도에서 소리치며 창문을 두드리는 장면. 꿈 자체도 이상했지만, 꿈속에 나타난 학생들은 이 행자가 가르쳤던 아이들이 아니었다. 이 행자가 처음 보는 얼굴이라 이상했다.

이 행자는 오전 수련에 집중하지 못했다. 우선 간밤 꿈속에서 보았던 두 학생의 이미지가 머릿속에서 떠나지 않았고, 지난 며칠 동안 수련에 동참하지 못한 지철 스님을 오늘은 찾아뵈어야겠다는 생각이 앞섰기 때문이다.

지철 스님은 오늘까지 사흘째 선무도 수련을 하지 않았다.

이 행자는 수련이 끝나자마자 씻지도 않고 바로 종무소로 향했다. 지철 스님이 그곳에 있지 않을까 싶었다. 짐작대로 지철 스님은 종무소에 있었다. 차를 마시는 스님의 모습이 새시 유리문을 통해 보였다.

"스님, 저도 차 한 잔 주세요!"

종무소에 들어서며 이 행자가 애교 섞인 목소리로 말했다.

"벌써 수련이 끝났나?"

지철 스님이 물었다.

"네, 스님. 지금 시간이 10시 40분인걸요."

이 행자는 벽시계를 보았다.

"시간이 벌써 그리됐나?"

"네. 근데 스님, 며칠간 몸이 안 좋으셨나 봐요?"

"편두통이 심했지. 약을 먹어도 듣질 않았어. 몸살기도 있었고."

"지금은 괜찮으세요?"

"많이 좋아졌어."

"병원에는 다녀오셨구요?"

"지철 스님이 병원에 가시면 해가 서쪽에서 뜨게요?"

보연 보살이 퉁명스럽게 말했다.

"병원엔 뭐 하러? 어차피 닳고 닳아서 없어질 몸뚱인데 뭐하러 돈을 써?"

"또 그 말씀 하신다. 지철 스님! 제가 그 말씀 한 번만 더 들으면 거짓말 안 하고 100번은 될 거예요."

보연 보살이 입을 삐죽거렸다.

"왜 병원엘 안 가세요?"

이 행자가 지철 스님에게 물었다.

"라식 수술도 말만 꺼내시고. 치아도 치료 시기가 한참 지났잖아요?"

보연 보살이 지철 스님을 몰아붙였다.

"그만하시게. 내 몸이 종합 병동인데 뭐 하러 병원을 가?"

지철 스님이 웃으며 말했다.

"농담도 참. 약만 드시지 말고 어서 병원 가는 게 상책이라니까요."

보연 보살이 다시 쏘아붙였다.

"자네, 내가 걱정이 돼서 씻지도 않고 일루 왔군그래?"

지철 스님이 이 행자에게 물었다. 보연 보살의 말은 들은 체 만 체 했다.

"실은 며칠간 스님께서 수련을 못 하셨는데도 제가 안부를 여쭙지 못해서…"

"마음에 걸렸다는 거구만. 말했듯 내가 종합 병동이야. 나야 근력이 약하고 몸도 유연하지 않으니 수련을 제대로 따라 할 수가 있어야지."

스님은 짜증 섞인 어조로 말했다.

"이놈의 몸뚱이가 원체 말썽이라. 난 아프지 않아도 가끔 빠지지 않나? 걱정 마시게. 아, 자네한테 편지가 한 통 왔던데. 보연 보살! 그 편지 좀 찾아 주게!"

"'이도익 선생님께'. 이 행자님, 여기요."

보연 보살이 받는 이를 읽으며 편지 한 통을 이 행자에게 건넸다. 이 행자는 간만에 듣는 자기 이름이 낯설었다.

대전우체국 소인이 찍혀 있었고 보내는 사람에는 '대전광역시 동구 산내로 대전소년원 1398-41'이라는 주소만 적혀 있었다.

대전소년원에서 도대체 누가 자기에게 편지를 보냈는지 이 행자는 의아했다. 차를 마시는 둥 마는 둥, 이 행자는 지철 스님과의 대화에 집중하지 못했다. 그 모습이 너무 티가 나서 지철 스님이 한마디 했다.

"이 행자, 어서 올라가 봐! 가서 씻고 편지도 뜯어 보시게!"

"네, 스님. 그럼 먼저 일어나겠습니다. 죄송합니다, 스님."

"죄송할 것도 많다."

지철 스님이 웃으며 말했다.

> 선생님 안녕하세요.
>
> 저 민주예요. 저 기억나세요? 벌써 잊지는 않으셨겠죠?
>
> 저 대전소년원에 있어요. ㅋㅋ
>
> 선생님이 저한테 맨날 "니가 양아치냐? 양아치 같은 짓 좀 그만해라!" 그러셨는데, 저 진짜 양아치가 됐어요. ㅋㅋ
>
> "너 이렇게 계속 사고 치면 소년원 갈 수 있어!" 선생님이 이런 말도 하셨죠?
>
> 저 진짜로 양아치가 돼서 소년원에 오게 됐어요. ㅋㅋ
>
> 어떡해요? ㅠㅠ
>
> 선생님하고 미술 선생님이 제일 보고 싶어요. 진짜예요.
>
> 지난번에 학교 주소로 미술 선생님한테 편지 보냈더니, 미술 선생님이 답장 주셨어요.

답장 받고 기분이 너무 좋아서 거의 한 달 동안 편지를 주머니에 넣고 다녔어요.

답장이 올 거라고 생각하지 못했거든요. 제가 워낙 선생님들을 힘들게 했잖아요.

미술 선생님이 그러셨어요. 선생님이 학교 휴직하고 경주 골굴사에 가셨다고.

갑자기 절에는 왜 가신 거예요? 그리고 절 이름이 골굴사가 뭐예요? ㅋㅋ 이상하게.

선생님, 재선이 아시죠?

걔 죽은 거 아세요? 걔 죽었어요. 자기는 시인이 되고 싶은데 사회가 그걸 못 하게 한대나 뭐래나··· 아무튼 그런 문자 주변에 남기고 죽었대요. 걔는 공부도 탑이고 예의 발라서 선생님들이 전부 재선이 귀여워하고 좋아했잖아요. 같은 말을 해도 재선이가 하면 선생님들 표정이 달랐다니까요. 아무튼, 걔는 학교에서 왕자 같았어요. 저 같은 놈팡이는 맨날 양아치 소리만 듣고. 그랬는데 글쎄 그 자식은 도대체 왜 죽었는지 모르겠어요.

선생님, 저 보러 한 번만 와 주시면 안 돼요?

부탁드릴게요. 한 번만 저 보러 와 주세요.

방에 들어오자마자 이 행자는 편지를 읽어 내려갔다.

혼란스러웠다. 소년원에 있다는 민주와 죽었다는 재선이는 간밤 꿈에서 보았던 두 명의 학생, 그러니까 스스로 교실을 나간 후 복도에서 애타게 창문을 두드리던 두 학생의 이미지와 닮았다. 민주가 소년원에 있고 재선이는 죽었다는 내용도 이 행자의 마음을 무겁게 했다. 무엇보다 '민주', '재선'이란 이름이 이 행자는 기억나지 않았다. 그렇다고 '민주'라는 학생의 부탁을 들어주기 위해 대전에 갈 수 있는 형편도 아니었다. 하나하나가 모두 이 행자의 마음을 심란하게 했다.

이 행자는 편지 겉봉투를 다시 확인했다. '이도익 선생님께'. 분명히 자신에게 온 편지가 맞았다. 얼굴을 보고 제자들의 이름이 갑자기 기억나지 않는 경우는 있어도, 이름을 듣고도 전혀 기억나지 않은 적은 없었다. 그래서 이 행자는 자기도 모르게 '이게 뭐지?'라는 말을 속으로 서너 번 했다. 그리고….

'아마 동아라는 이름을 들었을 때부터였다. 기억을, 확신을 의심했다. 현기증도 그때부터였고.'

이 행자는 입산하던 날의 기억을 더듬었다. 그는 자신의 기억이 잘못될 수 있다는 '기억의 오류, 착각'이란 말을 떠올렸다.

'어떤 이유에서든 기억의 일부가 도려내질 수 있다면, 그건 왜일까?'

이 행자는 생각을 거듭했다. 또다시 현기증이 일었다.

그래서 그는 회피하듯 망각과 타협하는 길을 택했다. '기억나지 않는 사실'과 '왜 기억나지 않는지'를 계속 붙들고 있어 봐야, 그건 답답하고 골치만 아픈 일이었다. 이 행자는 편지를 접어 봉투에 넣어 버렸다.

발우공양

한 방울의 물에도

천지의 은혜가 스며 있고

한 톨의 곡식에도

만인의 노고가 담겨 있습니다.

이 음식으로 이 몸을 길러

몸과 마음을 바로 하고 청정하게 살겠습니다.

또한 모든 수고한 이들이

선정 삼매로 밥을 삼아

법의 즐거움이 가득하여 지이다.

나무서가모니불.

골굴사에서는 일요일 아침마다 발우공양[23]을 했다. 발우공양은 단순히 밥을 먹는 행위가 아니라 수행의 일부였다.

임 행자가 '공양 전 발원문'을 한 구절씩 먼저 소리 내 읽으면 대중들이 뒤따라 합송을 했다. 합송을 한 후 수저를 들 수 있었다.

권 행자와 강 행자는 발우공양을 좋아하지 않았다. 권 행자는 양껏

---

23 발우공양鉢盂供養: 절에서 승려들이 발우로 행하는 식사.

먹을 수 없어서, 강 행자는 마지막에 김치 한 쪽으로 발우[24]를 씻은 물까지 깨끗이 마셔야 해서. 그러나 이 행자는 발우공양을 좋아했다. 더욱이 오늘은 미역국이 나왔는데, 미역국은 이 행자가 어릴 적부터 가장 좋아하는 음식이었다.

> 이르는 곳마다 부처님의 도량이 되고
> 베푼 이와 수고한 모든 이들이
> 보살도를 닦아
> 다 같이 성불하여 지이다.
> 나무서가모니불.

발우공양은 시작할 때처럼 임 행자의 '공양 후 발원문' 선창과 대중들의 합송으로 끝났다. 이 행자는 발우공양을 하고 나면 몸과 마음이 청정해지는 것 같았다. 교회 성찬식이 생각나기도 했다. 어릴 적 교회에서 '예수님의 살과 피'라며 빵과 포도주를 나누어 먹을 때도 발우공양처럼 몸과 마음이 맑아지고 깨끗해지는 느낌이 들었었다.

이 행자에게 발우공양은 깨달음을 이루겠다는 서원을 다짐하는 시간이기도 했다. 그래서 공양간을 나올 때 이 행자의 마음이 얼굴에 드러났나 보다.

"이 행자님, 행자님 얼굴이 환하고 아주 좋아 보입니다."

---

24 발우鉢盂: 승려의 밥그릇.

임 행자가 이 행자 옆으로 다가와 말했다.

"그렇게 보입니까?"

"네, 기분이 좋아 보여요. 근데 이 행자님은 미역국을 정말 좋아하시나 봐요. 저는 살다 살다 발우공양 하면서 국을 세 번이나 더 떠서 먹는 사람은 처음 봤어요."

"보셨어요? 실은 두 그릇만 먹으려고 했는데 너무 맛있어서요."

"무슨 고래인 줄 알았습니다."

"네? 갑자기 고래라니요?"

"이 행자님 그거 모르시나 보다."

"…"

"고래가 미역을 엄청 많이 먹거든요. 그거 울산 사람들은 다 알죠."

"고래가 미역을요?"

"네, 고래는 새끼를 낳으면 미역을 엄청나게 뜯어 먹는대요."

"그것도 울산 사람들은 다 아는 거예요?"

"글쎄요. 그건 모르겠어요."

"임 행자님은 그걸 어떻게 아세요?"

"고래가 미역을 많이 먹는 거요?"

"네."

"어려서부터 할머니한테 자주 들었어요. 우리 할머니가 울산에서 물질하거든요. 해녀예요. 할머니는 미역 뜯어 먹는 고래를 여러 번 목격했대요. 할머니는 애 낳은 산모가 미역국 먹는 풍습이 고래에게서 유래됐을 거라는 얘기도 하셨어요."

임 행자에게서 고래 이야기를 들어서일까. 이 행자는 그날 밤 꿈속에서 또 고래를 만났다.

꿈 IV

케토가 엉덩이를 흔들며 틸리의 등 위를 산책하고 있다.

"틸리, 넌 왜 다른 범고래와 어울리지 않니?"

케토가 틸리의 귓가에 와서 물었다.

"…"

"진짜로 아무도 없는 거야? 친구가 하나도 없어?"

틸리가 말이 없자 케토가 다시 물었다.

"몰라."

"이유가 있을 거 아니야?"

"30년 만에 바다에 오게 됐는데, 친구가 있겠어?"

케토가 놀라서 날개를 퍼덕였다.

"난 두 살 때 인간에게 포획됐었어. 그것도 엄마, 아빠가 보는 앞에서. 그게 30년 전이야."

"포획? 30년 전에?"

"그래. 30년 동안 난 수족관에서 부모와 친구들 그리고 바다를 그리워하며 지냈지. 시간이 지나면서 그리움은 분노, 슬픔, 그리고 절망으로 변해 가더군. 그런데 요즘엔 엄마, 아빠의 아픔을 생각해."

"엄마, 아빠의 아픔?"

"자식이 포획되는 걸 무기력하게 지켜볼 수밖에 없었던 부모. 자식을 잃고 자책하면서 마음 아파하고 자식을 그리워했을 부모. 그게 아픔이 아니고 뭐겠어?"

"고향에 가면 가족을 만날 수 있지 않을까? 고향이 어딘지는 기억할 수…, 설마 고향이 어딘지 모른다는 건 아니겠지?"

"난 한 번도 내가 자유롭게 헤엄치며 놀던 바다를 잊어 본 적이 없어. 너무나 많은 것이 변해서 어릴 적 내가 놀던 바다를 찾을 수가 없을 뿐이야."

"바다가 변했다고?"

"그래."

"틸리, 도대체 뭐가 변했다는 거니?"

케토는 도대체 30년 전의 바다가 지금의 바다와 뭐가 다른지 이해할 수 없었다.

"음, 수온도 다르고. 물의 깊이에 따라 변하는 압력도 달라. 바람의 느낌도, 냄새도 달라. 물의 흐름과 방향, 유속도 다 변했어. 물맛도 다르고. 그래서 내가 기억하는 바다를 찾을 수 없다는 거야."

케토는 고개를 갸웃했다.

"틸리, 그럼 혹시 하늘도 바다처럼 변할까?"

"그렇지 않을까? 바다가 이렇게 변했는데 당연히 하늘도 변하지 않겠니? 세상에 변하지 않는 건 없어."

"바다가 어떻게 변하지? 어떻게 하늘이 달라질 수 있는 걸까?"

케토는 중얼거렸다. 케토는 다른 모든 게 변해도 하늘과 바다는 변하지 않는다고 믿는 것 같았다.

케토는 슬퍼졌다.

"케토, 갑자기 표정이 왜 그래? 너답지 않아!"

"아, 그냥. 그건 그렇고, 가족을 찾지 못하면 넌 계속 외톨이로 지내겠구나? 부모와 어릴 적 친구를 그리워하면서."

"그리워하면서? 그래, 그리워하면서. 언제든 만날 수 있다면 그리움은 우리에게 없을지 몰라. 케토, 내가 엄마, 아빠를 만날 수 있을까?"

4. 교감

골굴사

골굴사

함월산 기슭 골굴사는 참 특이한 사찰이다. 우선 사찰명이 독특하다. '뼈'라는 뜻의 '골㞉'이라는 글자가 들어가서 사람들은 그냥 지나치지 못하고 '골굴'이 무슨 뜻이냐고 묻곤 한다. 화산재가 압축 응결되어 솟아오른 응회암 암벽에 위치한 것도 독특하다. 암벽에는 층층이 수많은 구멍이 뚫려 있는데 그것이 보는 이에게 기묘한 인상을 심어 준다.

6세기 무렵 기림사를 세운 천축국의 광유성인[25]이 창건한 골굴사는 우리나라의 유일한 석굴 사원이다. 인도의 아잔타석굴이나 중국의 막고굴, 용문석굴과 비교되기도 한다. 그러나 그들과는 전혀 다른 특징이 있다. 인도와 중국의 석굴 사원이 참배자를 위한 곳이라면, 골굴사는 수행자를 위해 조성되었다고 할 수 있는 것이다. 따라서 골굴사는 예부터 일반인들의

---

25 광유성인光有聖人: 석가모니의 전 세상 이름.

접근이 쉽지 않았다.

골굴사가 위치한 암벽의 최상단에는 높이 4미터의 마애여래좌상이 있다. 오래전부터 골굴사 수행자들은 부처님의 무릎 아래, 암벽에 앉아 부처님과 같은 곳을 바라보며 좌선을 해 오고 있다.

조선 후기 학자 임필대(1709~1771)는 『강와집剛窩集』 3권 「유동도록遊東圖錄」에서 골굴사를 이렇게 묘사하고 있다.

"바위에 기대어 작은 법당을 지은 것이 모두 여섯 채였다. 멀리서 보면 마치 공중에 떠 있는 누각처럼 보이고 다가가서 보면 기괴한 모양이 형언하기 어렵다."

— 『대금강문 함월산 선무도 이야기』 '상권' 중에서

이 행자가 종무소 책장 옆에 앉아 주지 스님이 준 책을 읽고 있다. 읽던 책을 덮고 책장에서 다른 책을 꺼내 펼쳤다. 한국미술사연구소에서 펴낸 것이었다. 그 책에서 「골굴」이라는 제목의 시 한 편이 눈에 들어왔다.

"행자님, 보이차 좀 드릴까요?"

보연 보살이 말했다.

"보이차요?"

"네. 이게 법상 스님이 주신 건데 맛이 괜찮더라고요. 드셔 보세요."

이 행자는 책을 덮고, 엉덩이를 끌어 좌탁 앞으로 갔다.

보연 보살은 티포트에 보이차 조각을 넣은 다음, 끓는 물을 부었다.

서서히 보이차의 진갈색이 티포트 안에 퍼져 나갔다.

이 행자는 티포트 안에 퍼지는 진갈색의 보이차를 바라보다가 입산 첫날의 기억을 떠올렸다.

'입산 첫날, 삼천배를 하기 위해 관음굴법당 문을 여는 순간 두려움과 신비로움이 뒤섞인 감정이 밀려왔다. 저 보이차의 진갈색이 티포트 안에 퍼지듯 법당 안의 촛불은 깊은 동굴을 어둡게 밝히고 있었고, 관음굴법당으로 가는 계단은 밤안개에 가려 몽환적인 느낌을 주었다. 벌집처럼 구멍이 숭숭 난 계단 옆 하얀 암벽을 보며 여기가 왜 '골굴'인지 알 것 같았다.'

"행자님, 무슨 생각을 하시길래, 표정이 그렇게 심각하세요?"

"아, 아무것도 아닙니다."

"행자님은 차를 눈으로 마십니까? 그만 쳐다보시고 좀 들어 보세요."

보연 보살이 웃으며 말했다.

"근데 이 행자님, 혹시 전에 우리 절에 오신 적 있으세요? 행자 생활하시기 전에 말이에요."

보연 보살이 입에서 찻잔을 떼며 말했다.

"아뇨. 처음이죠. 왜요?"

"아니, 그냥. 예전에 우리 절에 오셨었나 해서 물어봤어요."

"골굴사 이야기는 들었었죠."

보연 보살의 말에 이 행자는 기억이 잠시 흔들렸다. 그러잖아도 최근, 기억이 고장 난 느낌이 들 때가 있어서 기억을 확신하지 못하는,

아니 애써 확신하려 했던 이 행자였다.

"하긴 워낙 방송에서 많이 소개되다 보니, TV 보고 오시는 분들이 많더라고요."

이 행자는 고개를 끄덕였다.

"행자님, 차 더 드세요."

"근데, 차 맛이 이상하지 않아요?"

이 행자가 미간을 찌푸렸다.

"…"

"곰팡이 냄새 나는 것 같은데요."

"보이차가 원래…, 좀 께름칙하긴 하네요. 행자님, 자판기 음료로 입가심할까요?"

"그래야겠어요."

"뭐 드실래요? 제가 뽑아 드릴게요."

"저는 펩시콜라 마실게요."

보연 보살은 자판기에서 뽑은 펩시콜라를 이 행자에게 건네주고 컴퓨터 앞으로 갔다.

"저 차가 또 왔네."

컴퓨터 앞으로 가던 보연 보살이 종무소 앞을 지나가는 검정색 세단을 보며 말했다.

이 행자는 콜라로 입가심을 하며 덮고 있던 책을 다시 펼쳤다.

골굴骨窟

유하 홍세태[26]

설산이 천 길 높이로 솟았고

천연 골격 두 바위 우뚝하도나

하나의 기운이 만고에 쌓여

바윗돌이 마침내 갈라졌어라

새기고 그린 수많은 기이한 형상

중간에 오묘한 굴이 크게 열렸네

사람 공력이 자연의 조화를 도와

처마 얹어 빈 하늘에 잇닿았도다

각 방면의 형세에 기대어서는

여섯 개 선방으로 나눠 만드니

십 홀笏 십 홀 물건을 넣을 크기에

한 자리 평상 겨우 들어가누나

높은 공중엔 새 둥지 깃들었고

감싼 바위엔 벌집이 벌렸도다

하늘이 자금색의 형상 이루니

이끼 벗겨진 벽엔 부처님 계시네

---

26 유하 홍세태(柳下 洪世泰, 1653~1725): 조선 후기의 시인.

스님은 적막하여 살지 않는 듯

봄풀이 자라나 바윗길 덮네

배고프면 향기로운 솔잎을 먹고

다람쥐와 더불어 동굴에 사네

남쪽으로 누대 하나 바라뵈는데

빼어난 풍경이라 재삼 감탄하네

높은 창문은 하늘로 반쯤 열렸고

조도는 나무 끝에 매달려 있네

부여잡고 올라 잠시 문밖을 보매

어슴푸레한 것이 마치 귀신인 듯

위태한지라 감히 머물지 못하고서

발걸음 돌려서 낙조를 보러 가니

흰 구름은 마치 나를 부축하는 듯

너울너울 춤추며 산을 내려왔네

새싹을 바라보는 것만으로

오전 수련이 끝날 즈음 주지 스님이 수련자들을 밖으로 불러냈다.

밖은 훈훈한 미풍이 불었고 햇살이 따사로웠다. 수련자들은 오륜탑 주변 풀 위에 반가부좌를 하고 앉았다. 주지 스님은 한동안 모두가 풀밭에 앉아 좌관하게 했다. 모두 눈을 감고 들숨과 날숨을 지켜보며 호흡에 집중했다.

이 행자는 구름이 걷히듯 이마에 흐르는 땀이 미풍에 날아가는 느낌이 좋았다. 햇살이 눈꺼풀을 뚫고 안으로 들어오는 느낌도 좋았다. 눈을 감았는데 하얀 햇살이 보였다. 그는 야외에서의 좌관을 만끽했다.

"천천히 눈 뜨고, 앞에 있는 새싹을 지그시 봐라!"

스님의 목소리가 부드럽게 들렸다.

"봄이 되면 사람들이 이런저런 봄나물을 먹는데. 제철 나물이나 약초를 섭취하는 것이 좋긴 하지만, 그것을 가만히 바라보는 것도 그에 못지않게 좋다는 걸 알아야 해. 먹지 않고 바라보는 것만으로도 생명력을 느끼고 자연의 기운과 영양분을 얻을 수 있어. 바라보는 것은 자연을 해하지 않고 자연과 교감함과 동시에 에너지를 얻는 길이지. 특히 봄에는 새싹의 기운이 맑고 강해. 그러니 안에서만 수련하지 마라. 종종 밖으로 나와 이렇게 파릇한 새싹을 바라보며 좌관하도록 해."

이 행자는 바로 앞에 있는 새싹을 바라봤다. 토끼풀, 민들레, 냉이도 보였고 조금 먼 곳에 쑥과 이름 모를 풀들이 있었다.

수련이 끝나고 오륜탑에서 내려올 때 몇몇은 땅을 보고 걸었고 몇몇은 먼 하늘을 보며 걸었다. 모두 말이 없었다. 마치 입을 열면 몸 안의 기운이 밖으로 새어 나가기라도 할 것처럼. 왜 그렇게 걸음걸이는 전부 느릿느릿한지. 여느 수련 후의 모습과는 달랐다. 그때 권 행자가 입을 뗐다.

"거시기, 배가 거시기허네요!"

배가 출출하다는 말이다.

"쑥을 보니까 쑥떡이 먹고 싶고, 냉이를 보니까 거시기 냉이된장국이 생각나고, 참 거시기해요."

배를 살살 문지르며 말하는 권 행자의 표정이 천진난만하다.

"권 행자는 다른 행자님들하고 똑같이 수련하고 공양하는데 살이 안 빠져. 오히려 체중이 더 느는 거 아냐? 권 행자! 뭐 따로 챙겨 먹는 게 있는가 봐!"

지철 스님이 웃으며 말했다.

"아니, 거시기 없습니다! 지철 스님, 저한테 뭐냐 너무 거시기허시네요!"

권 행자가 화들짝 놀라며 말했다.

"놀라는 거 보니, 뭔가 켕기는 게 있는가 보네!"

이번엔 장 사범이 장난스럽게 말했다.

"장 사범님까지 거시기하게 왜 그러시는데요?"

"권 행자님, '거시기하다.'하고 '거시기허다.'가 도대체 뭔 차이가 있는 거예요?"

강 행자가 물었다.

"몰라요. 생각하고 말하는 거 아니거든요."

권 행자의 말에 너도나도 웃지 않을 수 없었다.

모두가 웃으며 요사채 각자의 방으로 향할 때 이 행자는 공양간 아래로 조금 더 내려갔다.

길가에는 노란 민들레꽃이 군데군데 피어 있었다. 이 행자는 꽃을 보면 장난을 치곤 하던 어린 시절이 떠올랐다. 그는 민들레꽃 앞에 쪼그려 앉아서 검지 끝으로 꽃을 건드렸다. 그러고는 후, 하고 입으로 불었다. 꽃이 흔들렸다.

민들레꽃이 흔들리는 순간 어떤 장면이 이 행자의 눈앞을 스쳤다. 이 행자가 노란 민들레꽃 앞에 쪼그려 앉아 검지로 꽃을 건드리는 장면. 쪼그려 앉은 위치, 햇빛의 밝기, 그의 시선을 포함한 기억 속 모든 게 바로 지금의 상황과 일치했다. 마치 똑같은 경험을 두 번 하는 느낌. 'ctrl+c, ctrl+v', '경험 복사' 같았다.

이 행자는 어린 시절 어떤 상황과 장면 혹은 짤막한 대화가 분명히 처음인데 처음이 아닌 것 같은 느낌이 들어 신기해했던 적이 많았다. 그러나 그것은 어디까지나 어릴 적 일이었다. 어른이 되어서는 그런 기시감이나 데자뷔 현상을 경험하지 못했다. 적어도 입산하기 전까지

는…:

이 행자는 생각을 멈췄다. 기억을 차단하려는 어떤 잠재의식이 느껴졌다. 과거가 흐릿해졌다. 그다음 까맣게 변했다. 기분이 야릇하다.

이 행자는 방에 들어와 책을 펼쳤다. 방에 들어오면 『고래의 시』를 펼치고 한두 줄이라도 읽는 것이 어느덧 습관이 되었다.

교감

70여 년 전 일인 것 같다. 한 마리 고래가 우리 그룹에서 감쪽같이 사라지는 사건이 있었지. 아무도 그 고래가 왜, 어떻게 사라졌는지 알지 못했어. 그 후 며칠이 지나서 소문이 떠돌기 시작했지. 사라진 고래에 대한 소문. 그 고래가 육지로 갔다는 이야기가 파다했어. 예전에 내가 얘기했던, 인간이 만든 '움직이는 화난 섬'을 기억하니? 어떤 이는 그 고래가 빙산 위로 올라가듯 '움직이는 화난 섬' 위로 올라간 후, 다시 바다로 내려오지 않았다고 하고, 어떤 이는 바닷가에서 우리의 언어로 소리치는 인간을 만난 적이 있다고 했어. 여하튼 그 소문이 「인간이 된 고래」 신화의 시초가 되었지.

소문은 사실이 아닐 가능성이 있고 신화는 거짓을 내포하고 있어. 하지만 우리가 전혀 다른 종족과 교감하고 소통할 수 있다는 것을 나는 믿어. 비단 인간만이 아니라 우리는 자연과도 교감할 수 있어. 그건 정말이지 기적 같은 일이지. 해와 달 그리고 물과 나누는 침묵의 대화를 상상해 봐. 우리는 날마다 그들과 교감하고 있다는 것을 알아야 해. 바람이 파도를 일으켜 물과 대화하는 걸 봐봐. 우리도 그렇게 할 수 있지. 아니, 이미 우리는 오래전부터 그렇게 해 왔어.

눈을 감아 봐. 귀를 기울여 봐. 해가 우리에게 이야기하고 달은 우리 이야기를 들어 주고 있어. 파도는 우리를 밀어 주고 때로는 어루만져 주지. 그래서 햇살을 받거나 달을 바라보거나 물살을 가르고 나면 마음이 편안해지는 거야.

그들은 훌륭한 친구와 같아. 내 마음을 읽고 먼저 위로의 말을 건네는 친구. 기왕 말이 나왔으니 친구에 대해 얘기해 볼까? 가끔 우리는 감당하기 어려운 감정에 휩싸일 때가 있어. 누구에게도 말하고 싶지 않은 괴로움을 숨기고 있지. 우리는 그 감정과 괴로움을 모르는 척하기도 하지만, 도무지 모르는 척할 수 없을 때가 있어. 그때 친구는 그것을 눈치채고 위로의 말을 건네곤 하는데 그건 놀라울 따름이야. 친구는 내가 모르는 나에 관한 이야기를 하기도 해. 나조차 모르는 나를 아는 이가 진정한 친구 아니겠어? 너희에게 그런 친구가 있을 거라 믿어. 우정이란 건 역시 신기하고 감동적인 교감이야.

사랑은 어떻고? 소통과 교감의 최고 권위자는 사랑일 거야. 사랑은 가히 신이 우리에게 준 최고의 선물이라 할 만해. 신비로운 아름다움이라고 할까. 신비롭고 아름답다는 말만으로는 사랑을 말할 수 없어. 사랑의 스펙트럼이 어마어마한 데다 사랑에는 다양한 감정의 폭발이 존재하거든. 논리나 철학적 논거로 설명할 수 없지. 그래서 사랑은 현실이지만 현실과 다른, 하나의 독립된 세계야. 사랑이 성숙해 진화하면 또 다른 세계가 펼쳐지는데, 그곳으로 나아가려면 '희생'과 '인내' 그리고 '여유'라는 세 가지 열쇠가 필요해. 세 개의 열쇠만 있으면 세상의 모든 사랑을 하게 되지.

—『고래의 시』 중에서

Tim

키가 2미터는 되어 보이는 외국인 한 명이 목을 뒤로 젖히고 일주문 현판을 올려다보고 있다.

'含月山骨窟寺'.

함월산 골굴사. 외국인은 현판 아래에서 배낭을 고쳐 메고 길을 따라 다시 걸었다. 맞은편에서 사람이 올 때마다 그는 걸음을 멈추고 허리를 굽혀 인사했다.

외국인은 종무소를 지나고 계단을 올라 법당에 이르렀다. 법당 앞에 배낭을 내려놓고 신발 끈을 풀었다. 배낭에서 수건을 꺼냈다. 모자를 벗고 얼굴에 흐르는 땀을 닦았다. 옷매무새를 고쳤다. 두 손을 가슴 앞에 모으고 법당 안으로 들어갔다.

잠시 후 법당에서 나온 외국인은 회색 암반 정상을 바라봤다. 마애여래좌상을 발견하고 좌상을 향해 합장 반배했다. 한참 동안 그는 마애여래좌상에서 눈을 떼지 못했다.

보연 보살의 요청으로 이 행자는 종무소로 내려갔다. 외국인 한 명이 왔는데 통역이 필요하다는 것이다.

종무소에 덩치 큰 외국인이 있다. 그는 무릎을 짚고 힘겹게 일어나 이 행자에게 인사했다. 키가 무척 컸다. 머리가 거의 천장에 닿았다. 나이는 쉰셋. 이름은 Timothy Lee Zaenglein. 독일계 미국인이다. 그는 자신을 '팀Tim'이라 부르면 된다고 했다. 팀은 3일 머무르기로 하고 템플스테이 비용을 지불했다.

이 행자는 팀에게 종교를 물어봤다. 루터교도였다. 그러나 청년 시절부터 불교에 관심이 많았다고 한다. 그밖에 첫 만남에서 할 수 있는 평범한 대화를 나눴다. 그러다, 이 행자는 팀에게서 어떤 감정을 느꼈다. 이유 없는 동질감 같은 것이었다. 그래서 뭐라도 베풀고 싶어졌다. 이 행자는 그에게 색다른 이야기를 들려줬다.

"한국 사람들은 봄이 되면 몸에 좋다고 이런저런 봄나물을 먹습니다. 그런데 먹지 않고 그것을 가만히 바라보기만 해도 자연의 기운을 느끼고 영양분을 얻을 수 있습니다."

이 행자는 조깅에 대한 자기 생각도 이야기했다.

"저는 조깅할 때 얼굴에 부딪히는 바람을 좋아합니다. 그것은 바람과 대화하는 것과 마찬가지입니다. 그리고 발로 땅을 차는 게 아니라 땅이 제 발바닥을 밀어 주는 거라고 생각하면서 조깅합니다. 그러면 피곤함이 덜합니다."

팀은 고개를 끄덕였다. 이 행자에게 "흥미롭네요. 당신 말이 맞아요."라고 말했다. 팀은 인간과 자연이, 심지어 바람, 땅과 같은 무생물과도 교감할 수 있다고 믿어야 하고 그렇게 자연과 교감하는 것은 정말이지 멋진 일이라고 했다.

"이 행자님이 이렇게 신이 나서 이야기하신 적이 있었나요? 처음 보는 것 같은데요?"

옆에서 이 행자와 팀의 대화를 지켜보던 보연 보살이 말했다.

"그렇게 보였어요?"

이 행자는 자신의 기분이 조금 흥분되었음을 깨달았다.

"행자님은 이분하고 말이 참 잘 통하는 것 같아요."

보연 보살이 외국인을 힐끗 보며 말했다.

"이 외국인, 생각하는 게 굉장히 동양적이에요. 그래서 그런가 봐요."

"그런 거 같아요. 제가 스피킹은 안 돼도 리스닝은 되거든요. 행자님, 여기 팀 방 열쇠예요."

이 행자는 열쇠를 받아 들고 팀을 방으로 안내했다.

스마트폰

조용히 내리던 봄비가 점점 거칠어지더니 오후에는 장대비로 바뀌었다. 덕분에 울력이 취소되었고 대중들은 방에서 쉴 수 있었다.

빗소리도 운치 있게 들리고 점심 공양도 했겠다, 이 행자는 졸음이 쏟아졌다. 그는 방문을 닫고 바닥에 누워 낮잠을 자 버렸다.

"이 행자, 나와 보시게!"

장 사범이 문을 두드렸다.

"이 행자!"

장 사범이 다시 이 행자를 불렀다. 대답이 없자 문을 열었다.

"이 행자!"

장 사범의 목소리보다 빗소리가 이 행자의 귀에 더 크게 들렸다.

"아이고, 장 사범님 비 맞으시겠어요. 어서 들어오세요."

이 행자가 느리게 일어나 앉으며 말했다. 아직 그는 비몽사몽이다.

"이 행자, 나와 봐!"

"네?"

"팀한테 가 보세! 그 사람 심심해할 거 아닌가? 같이 가 봐!"

"괜히 방해하는 거 아닐까요? 조용한 시간 가지려고 왔을 텐데."

"에이, 그 사람 조용한 시간은 실컷 갖고 있어. 자네 아니면 얘기할 사람 누가 있어? 어서!"

이 행자는 못 이기는 척 장 사범과 함께 팀에게 갔다. 팀은 방문을 열어 두고 있었다. 그는 자신을 찾아 준 두 사람을 무척 반갑게 맞이했다.

셋이 함께 있게 되자 가장 말을 많이 하는 사람은 장 사범이었다. 장 사범은 영어를 참 쉽게 했다. 그는 한두 개의 단어만으로 긴 시간 대화하는 재주가 있었다.

"How old?", "Very young.", "Me brother?", "Stomach big.", "Handsome.", "Me double good handsome.", "Good?", "Wife?", "Children?", "Job?"

이런 장 사범의 말을 팀은 찰떡같이 알아듣고 대답했다.

장 사범은 팀이 이해하든 말든 천연덕스럽게 우리말을 하기도 했는데 그러면 팀도 무슨 말인지도 모르면서 능청스럽게 장 사범과 대화를 이어 갔다. 장 사범과 팀이 간혹 크게 웃으며 서로 다른 언어를 말하는 모습이 이 행자는 우습게도 그럴듯해 보였다.

장 사범과 팀이 소통(?)하는 사이 이 행자는 방바닥에 있는 영자 신문을 펼쳤다. 그런 이 행자를 보고 팀이 신문 페이지를 넘겼다. 한번 읽어 보라며 어떤 기사를 짚어 주었다. 가져가서 읽어도 좋다는 얘기도 했다.

"이 행자, 자넨 팀하고 더 얘기 좀 나눠. 난 먼저 일어날게. 다녀올 데가 있어."

"어디 가시게요?"

"보연 보살이 약 좀 사 달라 한 걸 깜박했네."

"보살님 편찮으세요?"

"아, 보연 보살 말고 동아 줄 약. 동아가 요즘 아무것도 먹질 않아서, 동물병원 가서 식욕 촉진제 좀 사 달라 했거든."

"저도 일어나야겠어요."

이 행자는 장 사범을 따라 자리에서 일어났다.

장 사범이 팀에게 인사하고 나오면서 "Phone number?"라고 물으니까 팀이 명함을 장 사범과 이 행자에게 주었다.

"연락하시게요?"

이 행자가 물었다.

"연락은 무슨. 아따, 명함 빳빳하고 좋네!"

장 사범이 명함 앞뒷면을 살폈다.

그때 갑자기 팀이 이 행자더러 기다리라고 말하며 황급히 붙잡았다. 팀이 신문을 주워 들었다. 신문이 뭐라고, 팀은 그것을 이 행자에게 건넸다.

억수로 퍼붓던 비가 조용해졌다. 이내 그칠 것 같다.

이 행자는 방에 돌아와 영자 신문을 펼쳐 팀이 읽어 보라던 기사를 읽기 시작했다.

정부의 급진적 정책

시민들 귀에 이어폰이 꽂혀 있고 손엔 스마트폰이 들려 있다. 지하철 플랫폼에서 열차를 기다리는 이들도 그러하다. 열차 안의 모습도 똑같다. 지하철 출구를 빠져나와 인도를 빠르게 걷는 시민들은 스마트폰으로 누군가와 이야기를 한다. 어떤 이들은 사람이 아니라 게임이나 뉴스와 더 많은 소통을 한다. 사무실과 강의실에 들어서서도 세상과의 접촉 방식은 여전하다. 이것이 도시의 평범한 아침 풍경이다. 오후 퇴근길 풍경 또한 다르지 않다.

시민들은 평균 300명의 '카친(카카오톡 친구)'과 그보다 훨씬 많은 '페친(페이스북 친구)'을 보유하고 있다. 지난해 국가 통계 자료에 따르면 18세 이상 남녀는 보통 500명의 페친이 있고 정기적으로 새로운 친구 요청과 추천으로 그 수는 끊임없이 증가하고 있다. 이 숫자를 고려하면 그들은 외로움과는 거리가 멀다. 그들은 상당히 많은 친구와 정기적으로 그리고 아무 때나 자유롭게 메시지를 주고받는다. 수많은 메신저 앱이 24시간 시민들을 연결해 주고 있다.

어느 날 정부는 급진적이고 충격적인 정책을 공표한다. 그것은 세 그룹(정부, 모바일 통신업계, 의학계)의 치열한 논쟁의 결과였다. 공표의 방법 또한 충격적이다. '긴급재난문자' 한 통! 내용은 다음과 같다.

— 모바일 통신 서비스는 다가오는 7월 한 달 동안 완전히 폐쇄되며 데스크톱 컴퓨터로도 메신저에 접속하지 못합니다. 다만, 데스크톱 컴퓨터에서의 이메일만이 유효합니다.

이것은 시민들이 스마트폰을 휴대할 필요가 없음을 의미했다. 정부의 과격한 정책과 충격적인 공표는 사회에 만연한 우울증 환자와 자살자의 급격한 증가를 막기 위한 고육지책이었다. 실제로 자살과 우울증 환자의 수가 지난 4년간 폭발적으로 증가했다.

예상대로 시민들의 즉각적인 항의와 불만이 쏟아졌다. 그러나 아이러니컬하게도 정부의 비민주적 조치 덕분에 시민들은 불만을 호소할 통로를 찾지 못했다. 그들은 주요 기능을 상실한 스마트폰을 만지작거리는 것 말고 할 수 있는 게 아무것도 없었다. 시민들은 변함없이 직장과 학교에 가야 했고 정신없이 바쁜 일상으로 돌아가야 했다.

7월 25일, 시민들 사이에 눈에 띄는 특징 두 가지가 감지됐다.

첫 번째, 시민들의 이메일 사용량이 지난달보다 20배가량 증가했다. 초기 절대다수를 차지했던 이메일, 즉 정부의 돌발적이고 비이성적인 정책에 반대하고 맞서는 이메일의 양은 점차 줄어 갔다. 이와 반비례하여 친구와 생각과 감정을 교환하는 이메일의 양은 증가하고 있었다. 여기서 정부는 시민들의 이메일을 사찰하는 불법을 저질렀음을 후에 시인하게 된다.

두 번째, 시민들은 지하철 플랫폼에서 열차를 기다리며 자기 생각에 몰두하는 즐거움을 알아 가기 시작했다. 시민들은 열차 안에서 서로를 쳐다보거나 때로는 상대의 시선을 회피하면서 자신을 돌아보는 시간을 가졌다. 그들은 인도를 걸으며 자신의 발자국 소리에 귀 기울였고 고개를 들어 푸른 하늘을 바라봤다. 점차 타인이 아닌 자기 자신과 소통하고 있었다.

8월 1일, 정부는 지난 한 달간의 모바일 통신 서비스 차단을 해제함과 동시에 전 시민에게 다시 한번 긴급문자를 발송했다. 정부가 시민에게 보낸 문자의 내용은 "스마트폰 없는 지난 한 달간의 생활이 어떠했나요?"라는 질문 하나가 전부였다. 시민들은 스마트폰으로 돌진해 문자를 확인했다. 그리고 하나둘 정부의 어처구니없는 질문에 답하기 시작했다.

― 결과적으로 나쁘지 않았어요. 그러나 두 번 다시 이런 짓은 하지 말아 주세요.

― 놀리는 겁니까?

― 덕분에 일찍 잠자리에 들었고 수면 시간이 늘었네요.

― 2주 전부터 퇴근 후 수영을 시작했어요. 그 밖에도 미뤄왔던 일을 할 수 있었죠.

― 자신과 대화하는 시간을 가질 수 있었어요. 근데 엄마는 그런 저한테 "미친년!"이라고 했어요. 그게 엄마가 어린 딸에게 할 소립니까?

— 오랫동안 잊고 지내던 옛 친구로부터 이메일을 받았습니다. 그건 놀라운 일이었습니다.

— 스마트폰에게 빼앗겼던 중2 아들을 되찾았습니다.

— 퇴근 후 그리고 휴일에 직장 상사의 업무 연락으로부터 해방되었어요! '연결되지 않을 권리'를 보장받았네요.

답변의 70퍼센트가 긍정적이고 우호적이었다.

보름 후 정부의 급진적 정책 결정에 참여했던 어느 의사의 인터뷰 내용이 8월 15일 자 일간신문에 소개되었다. 정부 정책 홍보의 일환이었다.

"지난 7월 자살과 우울증 환자의 수는 전년도 같은 달에 비해 크게 감소했습니다. 이와 관련한 깊이 있는 연구의 필요성이 제기되는 대목입니다. 모든 시민은 다소간의 외로움과 불안을 느낍니다. 그들은 더 많은 사람과 접촉할수록 덜 외로울 것이라고 믿습니다. 하지만 사람들과의 빈번한 접촉이 오히려 외로움을 심화시키고 그들만의 색깔과 개성을 상실하게 하는 경향이 발생했습니다. 시민들은 '유행에 뒤처져서는 안 되며, 튀지도 말아야 하며, 타인들의 보편적 행위는 나도 추구해야 하는 것'이라는 무의식적 강박관념에 휩싸여 있는 것 같습니다. 시민들은 개개인의 결정이 무언가에 의해 조종된 것이 아니라는 확신이 있어야 합니다. 그들의 판단이 순수한 자의에 의한 것인지 의심해 봐야 합니다.

미디어는 우리의 신념과 가치 결정에 중요한 역할을 하며 감정에도 영향을 미칩니다. 스마트폰은 미디어의 집합체입니다. 스마트 기기가 우리 정신을 지배하는 현실을 직시하지 못하고 아무런 조치 없이 내버려 두는 것은 참으로 어리석은 일입니다. 우리 정신이 스마트 기기와 그 기기들이 만든 물질을 통제할 수 있어야 합니다. 시민들이 따르는 보편적 경향과 행위들이 자신의 본성과 개성을 조금씩 훼손하고 있다는 사실을 깨달아야 합니다.

지난 한 달이란 시간은 우리가 우리의 색깔을 찾기 위한 작은 도전이었습니다. 또한, 우리가 다시 우리의 현명함을 찾는 짧은 여행이었습니다. 오늘이 8월 15일 광복절입니다. 적절한 비유인지 모르겠지만, 외세로부터 해방되어 나라와 주권을 되찾았듯 오늘이 스마트 기기에게 빼앗긴 행복을 되찾는 발화점이 되길 바랍니다.

끝으로, 세계 미래학계의 대부인 하와이대 짐 데이터 교수의 말을 여러분과 함께 공유하고 싶습니다.

'나는 휴대폰이 없습니다. 대신 이메일로 소통합니다. 나는 오전 5시 30분에 일어납니다. 그 시각은 전 세계가 나에게 다가오는 시간입니다. 세계 곳곳에 있는 나의 동료들이 이메일을 통해 소식을 전해 오고, 우리는 서로 정보를 교환합니다.'"

이 행자는 단숨에 기사를 읽었다. '기사'라기 보다 '단편 과학소설'에 가까웠다. 글을 읽는 사이 빗소리가 그쳤다. 이 행자는 방문을 열었다. 선명한 햇살이 방 안으로 들어왔다.

경용암

새벽 좌선을 시작하고 얼마 지나지 않았을 때, 문득 고래가 이 행자 마음에 들어왔다. 꿈속에 출몰하는 고래. 좌선 내내 그 생각이 마음에서 떠나지 않았다. 이 행자는 주지 스님께 묻고 싶었다. 이른 시간 스님께 뵙기를 청하는 것이 결례일 수 있었다. 하지만 이 행자는 이상하고 궁금하여 참을 수 없었다.

자리에서 일어나지 못하고 힘들어하는 팀이 이 행자의 눈에 띄었다. 주지 스님을 찾아뵙기 위해 이 행자가 서둘러 법당을 나서려고 할 때였다.

"팀, 괜찮아요? 무릎이 많이 아프죠?"

이 행자가 팀에게 다가가 말했다.

"명상 시간이 너무 힘들어요. 정말 고통스럽습니다. 하지만 고통에도 좋은 점이 있는데 그게 뭔지 아세요?"

엉거주춤 일어서며 팀이 말했다. 그는 쉽게 무릎을 펴지 못했다.

"고통에도 좋은 점이 있나요?"

이 행자가 되물었다.

"고통이 지나간 후에는 언제나 기분이 훨씬 좋아진다는 거죠. 지금 제가 그렇습니다."

팀은 미소를 지었다. 이 행자는 고개를 끄덕였다. 이 행자는 팀과 함께 법당을 나왔다.

"정말 상쾌합니다."

팀이 기지개를 켜며 말했다.

어제 내린 비 때문인지 새벽 공기가 평소보다 훨씬 깨끗하게 느껴졌다. 이 행자는 팀에게 먼저 내려가라 말하고 주지 스님 방 쪽으로 발길을 옮겼다.

"스님, 이 행잡니다."

"…"

인기척이 없자 이 행자는 좀 더 크게 말했다.

"스님, 이 행잡니다."

"이 행자! 무슨 일인가?"

주지 스님 목소리가 이 행자 등 뒤에서 들렸다. 이 행자는 돌아서서 스님에게 합장 반배했다.

"들어와! 들어와서 차 한잔하자."

이 행자는 스님을 따라 방으로 들어갔다.

"삼배하지 말고 거기 편히 앉아라."

"네, 스님."

"흐흠. 그래, 무슨 일인데?"

"실은 스님께 여쭤보고 싶은 게 있습니다."

"여쭤보고 싶은 게 있으면 낮에 아무 때나 찾아오지 않고?"

"죄송합니다, 스님."

"괜찮다. 그래, 뭘 물어보고 싶은데?"

"스님, 제가 이상한 꿈을 꿉니다. 그것도 연속극처럼 꿈이 이어집니다. 시간이 지나도 생생하구요."

"…"

"다른 꿈은 아침에 잠깐 생각났다가 잊히는데, 이 꿈은 그렇지가 않습니다."

"그래, 무슨 꿈을 꾸는데?"

이 행자는 스님에게 그동안 자신이 꾸었던 '틸리'라는 범고래와 갈매기 '케토' 이야기를 했다.

"예전에 말이야. 고래에 관심이 남달랐던 행자가 한 명 있었어. 그 아이는 고래를 소재로 책을 쓰겠다고 했었지. 틈만 나면 종무소 컴퓨터 앞에 앉아 있곤 했어. 자네 얘길 들으니 그 행자 생각이 나."

"아, 네."

"자네가 그 행자 아닌가?"

갑자기 주지 스님이 정색하고 물었다.

"…"

"자네가 종무소 컴퓨터 앞에 앉아 고래 이야기를 쓰던 행자가 아니냔 말일세!"

이번엔 스님이 벼락같이 호통을 쳤다.

"네…?"

이 행자는 움찔했다. 황당하기도 했다. 겁도 나서 머리끝이 쭈뼛해졌다. 도대체 어떻게 처신을 해야 할지 몰랐다.

"하하하! 뭘 그렇게 놀라나? 농담을 농담으로 들으면 되지."

"…아, 네."

이 행자는 놀란 가슴을 쓸어내렸다. 그러나 방금 전 스님의 무서운 표정과 벼락같은 목소리의 여운은 가시지 않았다. 스님의 변화무쌍한 모습이 섬뜩했다.

"어쨌든 꿈은 자기 자신과 연관된 거 아니겠나? 나의 과거 경험, 내가 만났던 사람들, 내가 골똘히 생각했던 것. 인연 된 모든 것이 꿈에 나오는 거거든."

스님의 목소리가 다시 부드러워졌다.

"네."

이 행자는 합장하고 고개를 끄덕였다.

"스님…"

이 행자가 말을 꺼내려다 멈칫했다.

"이 행자, 왜 말을 하려다 마나?"

"아무것도 아닙니다."

이 행자는 마음 한쪽 구석에 있던 또 다른 궁금증을 꺼내려다 말았다. 그는 누구에게도 그것을 말한 적이 없다.

"이 행자, 우리 절에서 '경용암'이란 말 들어 본 적 있는가?"

"경용암…. 아니, 없습니다. 처음 들어 봅니다."

"그게 뭐냐면, 마애여래좌상이 있는 암반 전산을 이 근방 주민들이 오래전부터 '경용암'이라고 불렀어. 언제부터 그렇게 불렀는지는 모르지만 말이야."

"스님, 근데 '경용암'이 무슨 뜻입니까?"

"고래 경鯨, 솟을 용聳, 바위 암巖. '솟아오르는 고래의 형상을 닮은 바위'라 하여 경용암이지. 정말 물 위로 치솟는 거대한 고래를 닮지 않았나? 안 그냐?"

"말씀을 듣고 보니 정말 그런 것 같습니다."

이 행자는 고래 형상을 닮은 암반 전산을 상상했다.

"신문 기사를 읽었다고 했지."

"네?"

"자네 말고, 아까 말했던 행자, 고래에 관심이 남달랐다는. 그 행자는 어떤 신문 기사를 읽고는…, 자네 꿈속에 나온다는 고래 이름이…?"

"네?"

"자네 꿈속에 나오는 고래 이름 말이야?"

"아, '틸리'입니다."

"신기해. 우연치곤 참 신기해."

"…."

"'틸리쿰'. 자네 꿈속에 나오는 고래와 이름이 비슷하잖아? 그때 그 행자는 '틸리쿰'이란 범고래 기사를 읽었다고 했어. 그 기사를 읽고는 글을 쓰겠다며 자료를 수집하더군."

"네…"

이 행자의 목소리가 잦아들었다. 얼떨결에 "네…" 하고 대답은 했지만, "진짭니까? 지어내신 거 아닙니까?"라는 물음이 입 안에서 튀어나올 것만 같았다.

"이 행자는 우리 절하고 인연이 깊은 모양이야. 이 행자, 그만 내려가서 쉬도록 하고. 꿈에 고래가 또 나오면 아무 때나 다시 찾아오도록 해. 그때 더 얘기하지."

이 행자는 자기 방으로 돌아와 스마트폰을 켜고 인터넷 검색을 했다. '범고래 틸리쿰'에 대한 이야기는 웹 문서에서 쉽게 검색되었다. '틸리'는 범고래 '틸리쿰'의 애칭이었다. 수많은 블로그와 카페에 관련 글이 있었다.

이 행자는 폰을 끄고 생각했다. 과거에 자신이 범고래 '틸리쿰'에 대한 기사를 읽은 적이 있는지 혹은 TV에서 본 적이 있는지, 누구에게 들은 적이 있는지. 그런데 기억나지 않았다. 이 행자는 다시 폰을 켜서 인터넷 방문 기록을 살폈다. 한참을 내려도 범고래 '틸리쿰'에 대한 기사를 검색한 흔적은 없다. 그리고 방문 기록에 남아있는 그 많은 사이트를 자신이 봤다는 게 믿기지 않았다. 전혀 기억에 없다. 이 행자는 현기증이 났다.

그리고, 자신이 주지 스님이 말한 그 행자가 아닐까, 의심해 보았다.

그러나 그건 너무나 허무맹랑한 이야기였다. 의심하는 자체가 이상한⋯. 이 행자는 모든 걸 기억할 수 있는 사람이 어디 있겠나 싶었다. 그는 '어디선가 한 번쯤 무심코 들은 적이 있을 테지.'라고 치부했다.

다시 삼천배

"날아라 새들아 푸른 하늘을

달려라 냇물아 푸른 벌판을

오월은 푸르구나

우리들은 자란다"

5월 5일 오전 11시 30분. 관음굴법당 문을 열고 밖으로 나오는 이 행자의 입에서 「어린이날 노래」가 흘러나왔다.

"나이 먹어도 이 노래를 생각하면 하늘을 나는 기분이 들어."

이 행자는 중얼거렸다. 그는 경용암을 바라보며 버릇처럼 햇살에 미간을 찌푸렸다.

이 행자는 108계단을 내려오다 법상 스님과 마주쳤다. 이 행자는 걸음을 멈추고 스님에게 공손히 인사했다. 법상 스님은 오륜탑에서 내려오는 길이었다. 이 행자보다 몇 걸음 앞서서 걷던 법상 스님이 이 행자를 한 번 뒤돌아보았다.

법상 스님은 오륜탑 너머에 있는 선원에 상주했다. 선무도 수련은 하지 않았고 예불 시간에만 법당에서 볼 수 있는 스님이었다. 법상 스님과 한 번도 얘기 나눠 본 적이 없던 이 행자는 어쩌면 오늘이 몇 마디라도 주고받을 기회일 것 같다는 생각이 들었다. 이 행자는 법상 스님 뒤를 따라 점심 공양을 하기로 했다.

공양간으로 들어가는 스님을 보고 조금 뒤에 이 행자도 공양간 문을 열었다. 절에서는 공양간에 들어가거나 거기서 나올 때 합장 반배하는 게 예의였다. 그래서 이 행자가 그렇게 했는데,

"저놈, 인상 쓰는 거 보게! 아까도 그러더니!"

합장 반배하는 이 행자를 보고 법상 스님이 버럭 소리를 질렀다.

"스님, 저 말입니까?"

이 행자는 스님이 자기한테 한 말인지 알지 못했다.

"허허, 저놈이 또!"

"스님, 저는 그냥 합장 반배했을 뿐인데…, 왜 저한테 그렇게 말씀하시는지…."

이 행자는 어안이 벙벙했다.

"행자가 어디 스님 앞에서! 인상을 쓰고 있어!"

"..."

이 행자는 어찌할 바를 몰라 입이 다물어지지 않았다.

"지금 당장 관음굴에 올라가 삼천배 하세요!"

법상 스님의 느닷없는 불호령이 떨어졌다.

공양간 문턱에 서 있던 이 행자는 공양도 못 하고 밖으로 나와야 했다. 그는 관음굴법당으로 향했다.

어느 순간 이 행자는 관음굴법당 앞에 와 있었다. 이곳까지 오는 그 몇 분 동안 온갖 생각을 다 한 것 같은데 아무것도 기억나지 않았다. 그의 머릿속이 새하얘졌다.

이 행자는 삼천배를 시작했다. 아무리 억울해도 스님의 불호령을 따르지 않을 수는 없었다. 골굴사에서는 예불에 불참하면 삼천배를 해야 하는 규율이 있었다. 이 행자는 자신이 그만한 잘못을 한 것인지 이해할 수 없었다.

이 행자는 갑자기 흐느껴 울기 시작했다. 눈물이 땀과 섞여 방석에 뚝! 뚝! 떨어졌다. 어떤 나이 든 보살이 관음굴에 있는 선풍기를 이 행자를 향해 틀어 주었다. 보살은 울면서 절을 하는 행자를, 그냥 지나치지 못했다.

'나한테 왜 이런 일이…. 법상 스님이 나를 얼마나 안다고…. 절에 들어와 수행하기까지, 내가 어떤 결심을 했는데…. 이 일로 결심을 접어야 하나?'

이 행자는 억울함에 절을 떠날 생각까지 했다. 그 외 별별 생각을 다 하며 삼천배를 이어 갔다.

입산 직후 이틀이 걸려 했던 삼천배를 이 행자는 불과 세 시간 만에 마쳤다. 삼천배를 마무리할 때쯤 법상 스님에게 향했던 미움과 분노는 허무하게 사그라들고 말았다. 이 행자는 몹시 얄미웠다. 고작 세 시간 만에 사라져 버린 미움과 분노가 얄미웠다.

결론을 말하자면 원인이 자신에게 있음을 안 것이다. 이 행자가 미간을 찌푸리지 않으려고 노력한 시점이 이때부터였다.

꿈 V

"틸리, 나 궁금한 게 있어."

케토가 말을 꺼내자마자 틸리는 커다란 소용돌이를 일으키며 물속으로 사라졌다. 어쩔 수 없이 케토는 허공으로 날아올랐다. 케토는 원을 그리며 하늘을 비행했다.

얼마의 시간이 지났을까.

수면 위로 검은 등을 드러낸 틸리를 케토가 포착했다. 케토는 틸리를 향해 급강하했다.

"틸리, 다음부터 잠수할 때는 나한테 말 좀 했으면 좋겠어."

"케토, 왜 그래? 무슨 일 있었어?"

"그게 아니라, 난 내가 너의 이야기에 귀 기울여 주는 유일한 친구라고 생각했는데 넌 내가 하는 말은 듣지도 않고, 네 맘대로 사라지잖아!"

"내가 그랬니? 그렇다면 사과할게. 미안해."

"그렇다면 사과할게? 그렇다면? 사과한다는 거야 뭐야? 난 그런 말이 제일 싫어!"

"케토, 정말로 미안해. 정말이야. 진심으로 미안해."

"…"

"케토, 근데 아까 궁금한 게 있다고 하지 않았니?"

"용케 내 말을 듣긴 들었나 보네."

"미안해. 궁금한 게 뭐야?"

"혹시 그거 아니? 너의 등지느러미가 다른 범고래들과 다르다는 거."

"옆으로 쓰러져 있는 거 말하는 거니? 알고말고."

"왜 너만 그래?"

"어렸을 땐 나도 꼿꼿했었어. 언제부터 옆으로 쓰러지게 됐는지 정확히 기억나진 않아. 음, 수족관에서 지내면서 그렇게 된 것 같기는 해. 아무튼, 지금은 움직여지지 않아."

"전혀 못 움직여?"

"응. 감각이 없어."

"혹시 다쳐서 그런 거 아니니?"

"아니야. 다친 적 없어."

"다른 고래들도 그러니? 수족관에 있던 범고래 말이야."

"그곳에서 지내는 범고래들은 모두, 나처럼 등지느러미가 옆으로 쓰러져 있었어."

케토는 틸리의 등지느러미를 부리로 건드려 보았다. 쪼아보기도 했다.

"틸리, 아무런 느낌이 없니?"

"무슨 느낌?"

"방금 내가 너의 등지느러미를 세게 쪼았거든. 느낌이 없어?"

"모르겠는걸. 느낌이 없어."

케토는 머리를 들었다 숙였다 하며 등지느러미 주변을 서성였다.

"틸리! 근데, 수족관에서는 어떻게 탈출했어?"

케토가 틸리의 귓가로 가서 물었다.

"수족관에서 탈출할 수 있을까?"

틸리가 되물었다.

"틸리, 너 탈출한 거잖아?"

"그래 맞아. 탈출했어. 근데 조련사의 도움이 없었다면 불가능했을 거야. 너를 만날 수도 없었을 거고. 아마도 수족관에서 탈출한 범고래는 내가 유일할걸."

"조련사? 인간 말하는 거니? 인간이 도와줬다고?"

"그래. 인간. 조련사가 한밤중에 나를 낯선 통로로 인도했어. 그가 일곱 개의 수중 철창문을 차례로 열어 줬고. 마지막 문을 통과하니까 거대한 수로가 나타났어."

"거대한 수로?"

"그래. 강 같은 수로."

"아하! 강이든 수로든 바다와 연결돼 있으니까. 그래서 다시 바다로 돌아올 수 있었다, 이거지?"

케토가 날갯짓을 하며 말했다. 케토는 다시 틸리의 귓가로 다가갔다.

"근데 이해가 안 돼."

"뭐가?"

"낯선 통로로 인도하는데. 그것도 한밤중에. 순순히 따라간다는 게. 어떻게 될 줄 알고."

"케토, 난 그 조련사 마음을 알아. 그는 내가 믿고 교감했던 유일한 친구였어. 조련사도 내 마음을 잘 알고."

"인간하고? 서로 마음을 아는 친구라고?"

"그래, 인간하고."

"알겠어. 그건 그렇고. 그렇다고 널…"

"날 풀어 주기까지 했냐고?"

"풀어 준 다음에 일어날 일은? 그 조련사 미친 거 아냐? 내 말은 바다로 돌아올 수 있어서 너한테는 잘된 일이지만, 조련사는? 조련사한 테는 무슨 사단이 일어났을 거 아니냐고?"

"그렇지 않아. 그에게 아무런 일이 없었던 걸로 알고 있어."

"니가 그걸 어떻게 알아?"

"그 조련사를 나는 어느 해안가에서 우연히 만난 적이 있는데, 그는 예전보다 훨씬 더 건강하고 행복해 보였어. 그리고…, 어쩌면 난 그 해 안가에서 1년에 한 번, 매년 이맘때 그를 만나게 될 거 같아."

"1년에 한 번, 해안가에서? 너 조련사하고 무슨 약속이라도 한 것처 럼 말하는구나?"

케토가 터무니없다는 듯 고개를 절레절레 흔들었다.

"약속? 약속이라고 할 수 있지. 눈빛과 약간의 미소만으로, 멀리서 도 우린 서로의 생각을 교환할 수 있거든."

"진짜?"

"음, 진짜."

"신기하다. 신기해."

"그래, 신기해. 그런 일이 종종 일어나. 음, 나와 조련사에 대해 조금 더 얘기해도 될까?"

"물론이지."

"사실 그는 내 세 번째 조련사야. 수족관에서의 마지막 10년을 그와 함께 했어."

"10년?"

"그래, 10년. 음⋯."

틸리는 잠시 생각에 잠겼다.

"수족관에 있는 동안 난 정상이 아니었어. 이상한 습성이 생기고. 철창을 물어뜯거나 수족관 벽을 머리로 세게 부딪치는. 그 조련사를 처음 만났을 때 내 상태는 최악이었지. 근데 그가 손상된 내 치아를 치료해 주더군. 철창을 물어뜯는 바람에 치아가 망가졌었거든. 덕분에 나는 더 이상 철창을 물어뜯거나 수족관 벽을 머리로 세게 부딪치는 일은 안 했지. 그는 치아가 아니라 내 마음을 치료해 준 거였어."

"그랬구나."

"근데, 내가 조련사를⋯."

틸리가 말을 멈추고 눈을 질끈 감았다.

"니가 조련사를 뭐?"

"내가 하마터면 그 조련사의 목숨을 앗아 갈 뻔한 적이 있어."

"뭐?"

케토가 깜짝 놀라서 날개를 활짝 폈다.

"어느 날 내가 그의 다리를 물고 그를 물속으로 끌고 들어갔어. 그의 다리는 찢겼고 그는 거의 기절 직전까지 갔지."

"헉! 도대체 왜? 친구라며?"

"나도 모르겠어. 그때 나의 감정, 생각이 전혀 기억나지 않거든. 사실 내가 그의 다리를 물고 물속으로 들어갔다는 것도 나중에 알았어. 다른 범고래가 얘기해 줘서."

"…."

"나 때문에 그는 오랫동안 치료를 받아야 했어. 돌아오지 않을 거라 생각했지. 근데 날 찾아온 거야. 그 조련사가. 눈을 의심했어. 난 그에게 다가가지 못했어."

"그랬겠지."

"그가 수족관으로 다시 돌아온 그날 밤, 그가 수로로 연결된 일곱 개의 수중 철창문을 개방해 줬어. 캄캄한 밤 어두운 수로를 가르고 나니 새벽이었어. 난 파란 바다에 있었어. 그가 날 자유롭게 해 준 거야."

5. 자유

후라이드 치킨

일요일마다 함월산을 오르던 이 행자가 오늘은 산의 반대 방향, 일주문으로 내려갔다. 마애여래좌상에서 일주문까지 이어진 길이 녹음이 우거져 걷기에 좋았는데 이 행자는 그 길을 걷고 싶었다.

주말인지라 일주문으로 내려가는 길은 등산복 차림의 단체 관람객들로 가득했다. 일주문 옆 주차장도 서너 대의 관광버스와 승용차들이 자리를 차지했다.

주차장을 지나쳐 걷고 있을 때였다. 이 행자가 버스와 버스 사이에 돗자리를 깔고 앉은 사람들과 우연히 눈이 마주쳤다. 눈이 마주치자 그들은 서둘러 등짝으로 돗자리를 가리려 했다. 가리려 했지만, 돗자리에 펼쳐진 편육, 치킨, 음료, 일회용 용기들이 이 행자의 눈을 피하지는 못했다. 버스를 가림막 삼아 담배를 피우는 사람도 있었다. 일부 몰지각한 사람들이야 어디에나 있는가 싶어 이 행자는 모른 체했다.

이 행자는 발길을 돌렸다. 일주문으로 내려가는 길이 나쁘지 않았지만 역시 조용한 산길이 훨씬 나을 듯싶었다. 아무 생각 없이 걷다 보니 어느새 오륜탑을 지나 막 산길로 접어들었다. 그때 누군가가 저 아래에서 이 행자를 불렀다.

"이 행자님!"

태양이었다. 태양이가 숨을 가쁘게 몰아쉬며 이 행자를 애타게 불렀다.

"태양아, 천천히 올라와라!"

이 행자는 발길을 돌렸다. 오륜탑까지 내려와 태양이를 기다려줬다.

"행자님!"

이 행자와 가까워지자 태양이가 허리를 펴며 말했다.

"태양아, 호흡 좀 가다듬고 말하자."

태양이는 가파른 길을 올라오느라 숨이 가빴다.

"장 사범님이 행자님, 행자님 모시고 오래요."

"장 사범님이?"

"네, 장 사범님하고, 다른 행자님들이, 기다리고 있어요. 저기, 고추밭에서요."

숨을 고르며 태양이가 말했다.

"거기서 울력하나?"

"행자님, 울력이 뭐예요?"

"울력이, 절에서 하는 공동 노동. 사람들이 힘을 합해 일하는 것을 울력이라 하지."

"그럼, 울력은 아니에요. 에이, 이게 뭐야!"

태양이가 자기 팔뚝에 떨어진 애벌레를 보고 소스라치게 놀라며 옷을 털었다. 태양이는 바닥에 떨어진 벌레를 발뒤꿈치로 짓이겨 버렸다. 이 행자가 뭐라 말할 새도 없었다.

"태양아! 야, 뭐 해?"

"…."

"털어 내면 됐지. 왜 죽이냐고?"

"죽이면 안 돼요?"

"뭐?"

이 행자의 성난 목소리에 태양이가 움찔했다.

"아무리 하찮은 벌레라도 생명이 있는 건데…, 다음부터 그러지 마라!"

"…."

"내 말 알겠어?"

"네, 알겠어요."

이 행자와 태양이는 고추밭으로 향했다.

"행자님, 근데 아까 어디 가시는 중이었어요?"

"산. 난 일요일마다 산에 오르거든."

"함월산이요?"

"그래. 태양이가 함월산도 아는구나?"

"그럼요. 골굴사에서 지내니까 모르면 안 되죠. 근데 이 행자님!"

"왜?"

"산에 오른다는 말은 서양에서 쓰는 말이죠?"

"글쎄, 우리도 쓰지 않니?"

"동양에서는 산에 오른다는 말을 쓰지 않았대요. 대신에 입산, 산에 들어간다고 했대요."

"누가 그러든?"

"법정 스님이 그러셨어요. 책에서 읽었어요. 그러니까 제 말이 맞는 거죠?"

"그래, 태양이 말이 맞는 것 같다."

"제 덕분에 행자님 하나 배우셨죠?"

태양이가 방긋 웃었다. 이 행자는 "산에 오른다."라는 말보다 "산에 들어간다."라는 말이 겸손한 표현 같았다. 적어도 산을 정복의 대상으로 여기는 것 같진 않았다. 자연과 동화되는 느낌도 들었다.

이야기를 나누는 사이 금세 둘은 고추밭에 왔다.

"태양아, 아무도 안 보이는데? 장 사범님은? 행자님들이 어디 계신단 거니?"

이 행자가 밭고랑에 들어가 사방을 둘러봤다.

그때 고추밭 끝에서 장 사범이 태양이와 이 행자를 향해 손짓했다.

"행자님, 저기요! 저기 장 사범님이 오라는데요."

태양이가 말했다. 둘은 장 사범이 있는 곳으로 갔다.

그곳에는 장 사범, 강 행자, 임 행자, 권 행자가 무엇을 가운데 두고 둥그렇게 둘러앉았다. 그들 앞에는 후라이드 치킨이 놓여 있었다. 이 행자를 쳐다보는 장 사범과 행자들의 표정이 참 해맑았다.

권 행자는 큼지막한 닭 다리 하나를 입에 물었고 강 행자는 절인 무 한 조각을 집어 들고 있었다. 윤기가 흐르는 강 행자의 입술은 햇살에 반짝였다. 거기가 고추밭 모서리 끝, 밤나무 아래다.

"이 행자, 어서 앉아! 태양이는 내 옆으로 와라!"

장 사범이 재촉했다.

"지철 스님이 사 주셨어."

장 사범이 지철 스님 이야기를 했다. 맨날 운동하고 울력하는데 잘 먹어야 한다며 지철 스님이 후라이드 치킨 다섯 마리를 사 주셨다는 것이다. 그리고 더 이상의 말은 없었다. 다리, 날개, 가슴살, 모가지. 열심히 뼈를 발라내느라 바빴다. 말 한마디 없었다.

발라낸 뼈와 쓰레기는 검은 비닐 봉투에 담겨 주차장 공용 화장실 쓰레기통에 버려졌다. 고추밭에서 나오기 전, 흙으로 손을 한 번 닦았고 화장실에서 물로 다시 씻었다. 세수도 하고 입가심도 했다. 차례로 그렇게 하고 나서 화장실을 나왔다. 장 사범과 행자들이 화장실을 이용하는 동안 일반인들이 들어오지 않은 것은 천만다행이었다.

이 행자는 마음이 불편했다. 나중에 주지 스님이 알게 될까 걱정도 됐다. 그런 행자들의 마음을 모를 리 없는 장 사범이 입을 열었다.

"육식을 금하는 것은 도교에서 유래한 거야. 본래 수행하는 사람은 자유로워야 해. 거침이 없어야지. 그래야 한계가 없어지는 거 아니겠어? 그리고 지난 일은 이미 흘러가고 없는 거야. 우리 마음에 없는 거지. 고추밭에서 무슨 일 있었나? 그거 이미 흘러간 거라고. 청규[27]를 어겼다는 생각에서 자유로워지는 것도 수행이라니까!"

행자들 마음을 편안하게 하려는 말이었다.

"장 사범님, 우리 치킨 잘 먹었으니까 지철 스님한테 감사하다고 말 해야죠?"

태양이가 말했다.

"태양아, 이제 치킨 얘긴 하지 마라. 알았지?"

"그래도 감사하다고…."

"고추밭 일은 비밀이다. 없던 일이라고! 알겠냐?"

"네! 말하면 안 된다는 거죠? 장 사범님!"

"그래. 태양이 아주 똑똑하다."

---

27 청규淸規: 승당僧堂이나 선원禪院에서, 좌선하는 도량에서 지켜야 할 기거동작 따위에 대한 규칙. '청정한 규칙'이라는 뜻.

법문

"태양아. 거기 구석에 앉지 말고 내 옆으로 온나."

태양이는 고개를 돌리고 미동도 하지 않았다. 옆으로 와서 앉으라는 주지 스님의 말을 못 들은 척했다. 그러자 스님이 크게 말했다.

"어서 스님 옆으로 오래도!"

태양이는 놀라서 벌떡 일어났다. 그리고 주지 스님 옆으로 가서 엉거주춤 앉았다. 그때도 태양이는 주지 스님 눈을 피했다. 법당에 있는 행자들과 장 사범은 평소와 다른 태양이의 태도를 이해할 수 있었다.

태양이는 아는 사람을 보면, 그가 누구든 달려가서 자기 생각을 말하거나 질문을 했다. 주지 스님도 예외는 아니었다. 그런 태양이가 고개를 돌리고 주지 스님을 피하는 건 아마도 고추밭에서의 비밀 때문일 것이다.

"선원에 계시던 법상 스님은 오늘 아침 일찍 떠나셨다. 참 도움이 많이 됐는데 말이야. 강원도 홍천으로 가신다고 하더라. 오늘은…."

이 행자는 그저께 있었던 일을 생각했다. 법상 스님과의 오해를 풀지 못한 것이 이 행자는 못내 아쉬웠다.

"예불문, 반야심경, 금강경, 천수경을 줄줄 외우고 날마다 목탁을 치며 독송을 한다 한들 그 뜻을 알지 못하면 또 행하지 않으면 소용이 없다. 행하기 이전에 무슨 말인지는 알아야 마음에 새길 거 아닌가. 우리가 예불 때마다 반야심경을 독송하는데 뭔지는 알아야지. 안 그냐?"

『반야심경』 법문이 시작됐다. 가끔 스님은 오전 선무도 수련 시간에 법문을 했다. 그러면 유독 그 시간을 반기는 이가 있었다.

"행자님, 기분이 거시기하겠어요?"

강 행자가 바로 옆에 있던 권 행자에게 바싹 다가가 귀엣말을 했다. 권 행자는 저도 모르게 입꼬리가 올라갔다.

"불자가 아닌 사람들도 『반야심경』은 알 거야. '반야심경', 네 글자는 들어 봤을 거란 말이지. 『반야바라밀다심경』을 줄여서 『반야심경』이라고 하는데, '반야'는 '지혜'야. 그냥 지혜가 아니라 완전한 지혜! 완전한 지혜가 뭐냐면 실천이 따르는 지혜를 말해. 한마디로 『반야심경』은 '지혜의 완성'이지.

『반야심경』은 총 270자로 구성되어 있는데 270자 중에 '공空'이 일곱 번, '무無'가 스물한 번 나온다고. '공'은 '인연에 따라 생겨난 세상의 모든 현상이 공하다.'라는 것이지. '현상에 대한 우리의 인식도 덧없으며 영구불변의 실체가 없음'을 말해. 영구불변의 실체가 없다는 것은 반대로 모든 것이 끊임없는 변화의 흐름 속에 있다는 거. '무'는 '공'을 설명하기 위해 반복적으로 쓰이는 말인데, 이건 정신적, 물질적 작용의 인식 주체인 나를 '산산이 깨부숴 버림'을 뜻하는 것이야.

모든 것이 공이며 무라는 것을 깨달으면 『반야심경』을 이해한 것과

다름없어. 근데 그게 쉽지 않아. 글로 아는 것도 그렇고, 안다 해도 그

것을 삶 속에 적용하는 건 또 다른 문제지."

주지 스님이 잠시 말을 멈췄다.

"권 행자!"

스님이 권 행자를 불렀다. 권 행자는 법문이 시작되자 줄곧 고개를

숙이고 있었다. 조는 것 같았다. 옆에 있던 강 행자가 권 행자 무릎을

툭 쳤다.

"권 행자, 내 앞에 있는 이게 뭐지?"

"거시기, 찻잔입니다."

권 행자는 손등으로 눈을 비비며 대답했다.

"실은 '찻잔'이라는 이름도 '이것이 찻잔이라는 생각'도 없어야 해.

찻잔이라는 허상만 있을 뿐 실체가 없는 거야. '색즉시공공즉시색色卽

是空空卽是色'이 '물질적인 것이 허상이며, 허상으로 인식되는 무실체가

곧 물질적 존재'라는 의미 아니겠어. 그러니 우리 눈으로 인식되는 모

든 것이 허상이지. 물질을 만들어 내는 것은 오직 우리 생각일 뿐이

야."

권 행자는 고개를 끄덕였다.

"생멸生滅과 변화를 구성하는 오온[28]이 모두 공함을 꿰뚫어 봐야 해

탈에 이르는 것인데. 공에는 색도 없고 수상행식도 없고 안이비설신

의眼耳鼻舌身意도 없어. 본래 아무것도 없는 거거든. 『금강경』에 '무아상無

---

28 오온五蘊: 인간을 구성하는 다섯 가지 요소, 색수상행식色受想行識.

我想', '무인상無人想', '무중생상無衆生想', '무수자상無壽者想'이란 말이 참 많이 나온단 말이야. '나라는 생각', '남이라는 생각', '중생이라는 생각', '오래 산다는 생각'이 없는 까닭에…."

같은 말이, 비슷한 말이 반복되는 스님의 법문에 이 행자는 묘하게 몰입되었다. 그렇다고 명쾌하게 이해되는 것 같지는 않았다.

"세상에는 내 것이라 할 만한 것이 아무것도 없다. 그래서 『금강경』에 '과거심불가득過去心不可得', '현재심불가득現在心不可得', '미래심불가득未來心不可得' 하는 거거든. 나 말고는 누구도 볼 수 없는 내 마음조차 내 것이 아닌 거지."

주지 스님이 다시 말을 멈췄다가, 법문을 이어 갔다.

"내가 반야심경이 한마디로 지혜의 완성이라 했는데, 사실 완전한 지혜는 완전한 자유와 같은 말이야. 생멸과 감각, 인식, 마음과 마음의 작용, 모든 것이 실체가 없음을 깨달아야 비로소 모든 것으로부터 자유롭게 돼. 그럼 완전한 자유를 얻게 되느니…."

탁! 탁! 탁!

주지 스님은 죽비를 크게 세 번 치며 법문을 마쳤다. 죽비 소리에 권 행자가 놀란 듯 어깨를 들썩였다. 주지 스님의 눈을 피해 고개를 돌리던 태양이는 뭐가 그리 좋은지 주지 스님을 보며 싱글벙글했다.

"임 행자님, 스님 말씀이 맞는 것 같아요."

법당을 나오며 강 행자가 말했다.

"오늘 아침에 화장실에서 볼일을 보는데 똥이 안 나오는 거예요. 저는 똥을 누고 싶은데 말입니다. 변비도 아닌데, 참. 똥 누는 것도 내 맘대로 할 수 없으니, 스님 말씀대로 내 몸을 내 것이라 할 수 없죠."

임 행자는 그럴듯한 비유라 생각하며 고개를 끄덕였다. 반면에,

"강 행자, 너는 비유를 해도 하필 똥 누는 거에 비유하냐? 기막히다!"

장 사범이 혀끝을 차며 핀잔을 줬다.

"왜? 난 몹시 이해되는데."

지철 스님이 웃으며 말했다.

자유

'내가 가장 갈망하는 것이 뭘까?'

스스로 물어보고 생각해 보지 않겠니?

너희들은 다음과 같은 것을 갈망할지 몰라. 뛰어난 사냥 기술, 훌륭한 리더십, 엄청난 스피드, 가공할 힘. 이것만은 아닐 거야. 우리가 갈망하는 것들이 그 밖에 얼마나 많겠니? 여하튼, 너희들 중 몇몇은 자신이 원하는 것을 언젠가 획득할 테지. 그다음에는? 내 말은, 어떤 것을 성취한다는 것

의 의미를 묻는 거야.

무언가를 몹시 갈망하는 이유는 그것을 쟁취하면 다른 고래보다 우위에 있게 되고 그러면 자유로워질 거란 생각이 있어서인데, 사실은 그렇지가 않아. 생각해 봐!

우리의 사냥 기술은 계속 발전해 왔어. 낡은 기술은 도태되었고 새로운 기술조차 빠르게 다른 기술로 대체되었지. 사냥 기술에 관한 한 우리는 끊임없이 도전받고 있어. 뛰어난 사냥 기술을 획득했다는 것이 자유를 보장하지는 않아.

지도자가 되면 뭐든 자기 마음대로 할 수 있을까? 알고 있듯 나는 십수 년째 지도자로 추앙받고 있어. 지도자는 구성원의 마음을 헤아려, 무엇을 어떻게 할지 홀로 고뇌하고 결정해야 할 때가 많아. 어쩌면 나는 지도자의 자리에서 내려오고 나서야 자유를 얻을지 몰라.

우리는 열다섯 살이 되면 스피드와 힘이 절정에 이르게 돼. 그 후로는 서서히 신체 능력이 감퇴하지. 자연의 이치야. 죽을 때까지 최상의 능력을 유지하는 것은 불가능해.

전에 내가 이야기했던 신화, 「인간이 된 고래」를 생각해 볼까? 어떤 이는 익숙한 것으로부터의 탈피가 자유라고 말하는데 바다를 떠나 육지로 간 고래는 자유를 얻었을까? 인간이 되기를 꿈꿨던 고래가 마침내 꿈을 성취했을 때 그가 자유로워졌을지 난 잘 모르겠어.

우리보다 모든 면에서 뛰어난, 그래서 우리가 두려워하는 인간들은 과연 자유를 누리고 있을까? 확신할 수는 없지만, 그들 또한 자유롭지 못해 자유를 갈구하는 것은 아닌지.

이쯤 되면 너희들은 자유가 요원하다고 생각할 테지. 그러나 진정한 자유는 자신을 이해하고 자신을 사랑하는 순간, 우리 마음속에 너무나도 쉽게 찾아온다는 것을 알아야 해. 자신을 사랑한다는 것이 무엇인지 알기 위해선 시간이 필요해. 자신을 완전히 이해하는 것이 쉽지 않아. 그래서 우리는 항상 자유를 갈망하는지 몰라.

—『고래의 시』 중에서

보법

지난달 말부터 동아의 무기력증과 치매 증세가 눈에 띄게 심해졌다. 낮에는 잠만 자고 밤이 되면 한두 시간씩 "끄응! 끄응!" 앓는 소리를 냈다. 그렇게 낮과 밤이 바뀐 지 오래다. 잠자리에 용변 실수를 하는 일도 여러 번 있었다. 하는 수 없이 공양 보살이 기저귀를 채워 줬지만, 동아는 금세 벗어 버렸다.

이상 행동을 보이기도 했다. 어쩌다 일어나 걸을라치면 목적 없이 왼쪽으로 계속 빙빙 돌았다. 쓰러질 듯 비틀거리며 옆으로 걷다가 풀썩 주저앉기도 했다. 공양 보살이 맛난 것을 줘도 태양이가 꼬리를 잡아당기며 장난을 쳐도 동아는 관심을 보이지 않았다.

그런 동아를 모두가 측은히 여겼다. 특히 임 행자는 틈만 나면 동아 옆에 앉아 동아를 쓰다듬어 주었다. 용변 실수를 해서 지저분해진 엉덩이를 씻겨 주는 일도 임 행자가 했다.

저녁 예불이 시작되기 전에 이 행자는 동아에게 가 보기로 했다. 이 행자 역시 동아가 안쓰러웠다. 그가 종무소 뒤편 동아의 집으로 향할 때였다. 길가에서 임 행자가 그의 불편한 손으로 동아를 쓰다듬어 주고 있었다. 그 모습이 참 애틋했다.

이 행자는 임 행자에게 다가갔다.

"임 행자님, 행자님 덕분에 동아가 오늘은 기분이 좋아 보여요."

"네, 녀석이 좀 편안한가 봐요. 표정은 아주 해탈한 승려 같지 않아요?"

"그러게요. 임 행자님, 근데 왼손은 왜 그런 거예요?"

대뜸 이 행자가 물었다.

임 행자의 왼손은 마네킹 손처럼 굳어서 손가락이 움직이지 않았다. 동아를 보러 와 놓고서는 이 행자는 동아는 쳐다도 안 보고 임 행자의 왼손에 시선을 뒀다.

"다친 거죠. 다쳐서 그래요."

"어떻게 다치셨길래… 치료는 받으셨어요?"

"아뇨. 통증만 관리하는 거죠."

임 행자는 오므려지지 않는 자신의 왼손을 쳐다보며 무심하게 말했다.

"요즘 이상하게 통증이 잦고 예전보다 조금 더 심한데, 이렇게 손등으로 동아를 쓰다듬으면 신기하게 통증이 사라져요."

임 행자는 손등으로 동아의 머리와 등을 쓰다듬으며 따뜻한 표정을 지었다. 둘은 동아 옆에 앉아 있다가 저녁 예불 준비를 위해 법당으로 올라갔다.

저녁 예불이 끝나고 바로 선무도 수련이 이어졌다. 장찌르기와 발차기 기본동작에 이어서 보법²⁹ 수련을 했다. 전진, 후진, 회전, 측보 등 기본 보법과 더불어 응용 보법을 연습했다. 주지 스님은 자주 죽비로 수련자들의 어깨와 대퇴부를 내려치며 계속 자세를 낮추라고 했다.

"더! 더 낮게! 몸의 중심이 땅바닥에 붙어서 움직여야 해!"

보법 수련 고작 20여 분만에 이 행자는 허벅지가 터질 것 같았다.

"더 낮춰! 바닥에 붙으라니까!"

스님의 목소리가 쩌렁쩌렁 울렸다.

스님의 죽비가 수련자들의 어깨와 허벅지에 닿을 때마다 상체는 숙여야 했고 엉덩이는 바닥에 닿을 듯 낮춰야 했다. 스님은 내공을 쌓는 것도 중요하지만 허리와 하체 근력 단련도 중요하다고 했다. 그래야 낮은 자세에서도 자유롭게 움직일 수 있고, 그러면 상대 공격을 자유

---

29 보법步法: 공격과 방어를 위해 민첩하게 위치를 이동하는 법.

롭게 회피할 수 있다는 것이다. 보법 수련은 108계단에서의 특별 수련보다 더 고되면 고됐지 덜하지 않았다. 낮은 자세를 유지하는 수련자들의 몸이 부들부들 떨렸다. 지철 스님만이 맨 뒤에 반가부좌를 틀고 앉았다.

"자, 그만! 심인법!"

스님의 말에 수련자들은 서서히 무릎을 펴고 상체를 세워 일어섰다. '그만!'이라는 말은 모두가 학수고대하던 것이었다. 그러나 바로 일어서지 못했다. 몸이 말을 듣지 않았다.

"예전에 내 은사님이신 양익 대종사께서 '밤하늘의 별처럼, 달빛에 비친 그림자처럼' 보법을 밟으라고 말씀하신 적이 있어."

주지 스님이 수련자들 사이를 걸으며 말했다.

"'별처럼, 그림자처럼'이란 말이 무슨 뜻인지는 가만히 생각해 보면 알 수 있을 거야. 안 그냐? 이 행자!"

스님이 갑자기 이 행자 앞에 멈춰 서서 말했다.

"네?"

이 행자는 자기도 모르게 "네?"라고 말했다. 스님은 이 행자에게 대답을 바란 것 같지는 않았다. 스님은 이 행자를 그냥 지나쳤다.

저녁 수련을 마치고 수련자들이 모두 법당을 나설 때 이 행자는 고개를 들어 하늘을 올려다봤다. 그러고는 "밤하늘의 별처럼, 달빛에 비친 그림자처럼" 보법을 밟으라는 스님의 말을 생각했다.

'밤하늘의 별이 일정한 간격을 유지할 리 없지. 규칙이 없다. 보법도 그래야 하는가 보다. 불규칙이 규칙인가. 저 수많은 별을 내가 마음대로 밟을 수만 있다면… 아무리 내가 자세를 낮춘다 한들 그림자가 될 수 있을까. 그래도 최대한… 그림자처럼이란 말에는 자세를 낮추라는 의미만 있는 건지. 다른 의미는 없는 건지.'

월간지

"끄응! 끄응!"

동아의 애달픈 울음소리는 지난밤에도 이어졌다. 새벽 도량석[30]을 돌던 이 행자가 길바닥의 돌멩이를 발로 찼다. 동아를 향해. 돌멩이가 동아를 비껴갔다. 이 행자는 또 다른 돌멩이를 동아를 향해 발로 찼다. 동아를 가엽게만 여기던 이 행자가 조금 짜증이 났던 모양이다. 두 번째는 차지 말았어야 했는데, 이 행자는 후회했다. 꿈쩍도 못 하는 녀석을 보니 이 행자는 다시 녀석이 불쌍했다.

---

30 도량석道場釋: 사찰에서 새벽 예불 전에 만물을 소생시키고 도량을 청정히 하기 위해 행하는 의식.

아침 공양을 마치고 이 행자는 종무소로 갔다. 종무소 앞에 엎드려 있던 동아를 보기 위해서다.

"최태양! 야! 뭐 해?"

이 행자가 소리쳤다. 그는 태양이에게 달려가서 태양이 어깨를 세게 밀쳤다. 태양이는 뒤로 자빠졌다.

태양이가 섬돌에 엎드려 있는 동아의 목덜미를 무릎으로 짓누르고 있었다. 동아는 힘도 못 쓴 채 혀를 길게 내밀었고 눈은 시뻘겋게 충혈됐다. 하마터면 태양이의 장난에 동아가 엉뚱하게 죽을 수도 있었던 상황이었다. 이 행자는 확실히 알 수는 없으나 어쩌면 태양이는 장난이 아니었을지 모른다는 생각이 들었다. 그러자 섬뜩함이 그의 몸을 휘감았다.

"태양아! 동아 잘못되면 어쩔 뻔했어? 도대체 왜 그런 거니?"

"헤헤, 죽나 안 죽나 궁금해서요."

"뭐?"

퍽!

순식간에 이 행자의 손바닥이 태양이의 옆머리를 갈겼다. 태양이의 어처구니없는 대답에 이 행자의 손이 먼저 반응했다. 이 행자는 화난 감정이 추슬러지지 않았다.

"미친 새끼! 너 두 번 다시 이런 짓 하면 나한테 죽을 줄 알아!"

이 행자의 말은 거칠었다. 표정에선 살기마저 느껴졌다. 그러나 말을 끝내자마자 이 행자는 후회했다. 자신의 손찌검과 거친 말의 대상이 태양이였기 때문이다.

잔뜩 겁을 먹은 태양이는 자리에서 일어나 쭈뼛쭈뼛 어딘가로 가 버렸다.

동아는 방금 전 무슨 일이 있었냐는 듯 미동도 없다. 섬돌에 엎드린 채 눈을 감고 움직이지 않았다.

"바보 같은 자식! 짖지도 않고…."

이 행자가 중얼거렸다. 동아를 가만히 바라보다가 임 행자처럼 동아의 등을 손등으로 쓸어내렸다.

"행자님, 들어와서 차 한잔하세요!"

종무소 안에 있던 보연 보살이 문을 열고 말했다. 보연 보살은 종무소 앞에서 무슨 일이 있었는지 전혀 모르는 눈치였다. 이 행자는 종무소 안으로 들어갔다.

"행자님, 보이차 드시겠어요?"

"그거 말고 오늘은 세작細雀 어때요?"

목소리가 떨렸다. 이 행자의 마음은 아직 진정되지 않았다.

"좋죠! 그럼, 지리산 세작으로 준비해 드리죠."

"네, 감사합니다."

보연 보살이 물을 끓였다. 그리고 끓는 물이 조금 식기를 기다렸다. 다관에 잎차와 뜨거운 물을 붓고 또 기다렸다.

"자, 행자님 드셔 보세요."

보연 보살이 이 행자의 찻잔에 차를 따랐다.

"은은하고 좋네요."

이 행자가 차를 한 모금 마시며 말했다.

"엊그제가 '어버이날'이었잖아요. 부모님 찾아뵙지 못해서 어떡해요?"

"저만 그런가요? 여기 행자들이 다 그렇죠."

"부모님은 건강하시죠?"

"어머니는 무릎이 안 좋으신 것 말고는. 다 건강하세요."

이 행자는 대충 대답하는 것 같았다.

"아 참, 지난번에 외국인 왔을 때, 행자님 덕을 톡톡히 봤어요."

"뭘요? 별것도 아닌데."

"주지 스님께서 행자님이 영어 선생님이라고 하시던데."

"제가요? 주지 스님하고 그런 얘기한 적 없는 거 같은데."

"주지 스님이 거짓말하시겠어요?"

"하긴 그러네요."

"그럼, 휴직하신 거예요? 아님, 그만두신 건가?"

"휴직? 잘 모르겠어요."

이 행자는 멍한 표정을 지었다.

"이 행자님 진짜 엉뚱하시네. 이상해 보여요. 행자님한테 그런 면이 있는지 몰랐어요."

보연 보살이 입을 막고 웃었다. 크게 웃는 보연 보살을 보고도 이 행자의 표정은 여전히 멍했다.

"이 행자님, 실은 우리 첫째가 임용 고시 준비하거든요."

"그래요? 전공이 뭔데요?"

"'체육교육'이에요. 2년 공부했는데 안 돼서 지금은 기간제 교사 하고 있어요. 자기 말로는 돈도 벌고 경험도 쌓을 겸 한 학기는 기간제 하고 8월부터 다시 바짝 준비한다는데, 그게 쉽지 않잖아요?"

"많이들 그렇게 해요. 걱정하지 마세요. 1년을 전력 질주하기는 힘들지만, 8월부터 한 넉 달은 전력 질주할 수 있거든요. 그동안 공부한 것도 있고. 8월부터 해도 돼요. 1차 시험이 11월 말에 있나요?"

"네, 11월이요. 이제 행자님이 행자님답네요."

"…"

"아 참, 이것 좀 보시겠어요?"

보연 보살이 찻상 아래에서 얇은 책을 꺼내 이 행자 앞에 내밀었다. 보연 보살이 내민 책은 『샘터』라는 월간지였다. 보연 보살이 얼마 전에 종무소 책장을 정리하며 버릴 책을 한곳에 모아 뒀었는데 거기서 우연히 재밌는 글을 발견했다고 한다.

"글쓴이 이도익! 그렇게 쓰여 있죠? 그쵸? 이거 혹시 행자님이 쓰신 거 아네요?"

보연 보살이 펼친 페이지에 '이도익'이라는 성명이 또렷이 보였다.

"에이, 동명이인이겠죠. 저 아니에요."

"행자님 이름이 흔한 이름은 아니잖아요? 성함이 똑같아서 신기했는데."

보연 보살은 아쉬워했다.

월간지는 2년이나 지난 것이었다.

이 행자는 자신과 동명이인이 쓴 글을 읽어 내려갔다. 제목이 「엄마의 꽃」이었다. 호기심에 앞부분만 조금 읽다 말려고 했지만, 책이 손에서 떨어지지 않았다. 이 행자는 글을 읽을수록 글 속에 나오는 엄마가 자기 엄마와 닮았다는 생각이 들었다.

'그럴 리가 없는데…. 정말, 내가 쓴 걸까?'

이 행자는 『샘터』에 전화라도 해서 글쓴이 '이도익'에 대한 정보를 문의해 볼까, 하는 생각까지 들었다. 글 속의 엄마는 이 행자의 엄마를 닮았다.

이 행자는 불현듯 "영구적 기억상실", 얼마간 자기를 돌봐 줬던 여성의 말이 떠올랐다. 지난 2월 병원에 입원했을 때 그 여성이 했던 말이다.

"행자님, 차 식겠어요!"

보연 보살이 말했다.

"죄송합니다. 제가 깜박…."

"그건 가져가서 읽으셔도 돼요."

보연 보살이 『샘터』를 쳐다보며 말했다.

"그럴까요?"

"네. 어차피 책 정리하면서 버리려고 했던 건데요, 뭐."

이 행자는 세월 지난 월간지를 허벅지 밑에 두고, 마저 차를 마셨다.

엄마의 꽃

글쓴이 이도익

가평에 계신 엄마를 찾아뵐 때마다 엄마는 집 앞 텃밭에 쪼그려 앉아 일하고 있곤 했다.

"엄마, 뭘 그렇게 심으세요?"

내가 물어보면,

"뭐 심느냐고? 이건 체리 나무! 요건 작약이고 그리고 이건 장미, 히아신스, 백합!"

엄마는 그렇게 대답했다.

엄마는 꽃을 사랑했다. 가평으로 이사 오기 전 엄마는 꽃집을 운영하기도 했다. 매주 토요일 오후에는 교회 설교단 양쪽에 꽃꽂이 장식을 했는데, 그건 엄마가 제일 좋아하는 일이었다. 엄마는 뜨개질도 좋아했다. 스웨터나 테이블보, 엄마가 만든 것은 문양이 세련되고 고급스러웠다. 그래서 엄마 손에 돈을 쥐어 주며 테이블보를 달라고 졸라 대는 아주머니도 있었다. 엄마는 손재주가 남달랐다.

엄마는 카운슬러 같기도 했다. 내가 어렸을 때의 일이다. 뭔가 특별한 이유로 우리 집을 찾아오는 이웃 아주머니들이 있었다. 엄마는 아주머니들 이야기를 진심을 다해 들어 주었다. 손등으로 눈물을 훔치면서 우리 집을 나서는 아주머니들을 어린 나는 종종 볼 수 있었다. 엄마가 아주머니들의 이야기를 들어 주며 상담해 줄 때마다 아주머니들은 하나같이 이렇게 말했다.

"도익이 엄마, 고마워요! 고마워!"

"고맙긴 뭐가 고마워요? 그런 말 하지 말아요!"

엄마는 늘 손사래 치며 똑같이 말했다. 엄마의 따뜻한 말과 조언이 아주머니들에게 위로가 되는 것 같았다. 엄마는 가족과 이웃 모두에게 정말이지 선하고 지혜로운 사람이었다.

엄마의 삶에서 엄마가 가장 사랑한 사람은 외할머니. 그러니까 엄마의 엄마였다. 그런 외할머니가 돌아가셨다. 외할머니가 돌아가신 후부터 엄마의 몸과 마음이 급격히 쇠약해지기 시작했다.

어느 날 저녁 엄마가 텃밭에 쓰러져 기절한 적이 있었다. 엄마는 이웃 사람들에 의해 바로 병원으로 후송되었다. 내가 병원에 도착했을 때, 의사는 내게 엄마를 큰 병원으로 모실 것을 권했다. 정밀 진단이 필요하다는 것이다.

서울 모 대학 병원에서의 진단 결과는 내가 우려했던 것보다 심각했다. 결국, 지난 4월 엄마는 종양 제거를 위해 뇌 수술을 받았다. 수술은 성공적이었고, 성공적인 수술 덕분에 엄마는 빠르게 회복되는 것 같았다.

수술 후 엄마는 머리카락이 하나도 없어서, 또 커다란 수술 자국 때문에 한동안 모자를 써야 했다. 그때 엄마는 자주 이렇게 말했다.

"머리카락이 얼른 자랐으면 좋겠구나. 미용실에서 머리 좀 하고 싶은데…"

그러나 정작 퇴원하고 나서 엄마는 삶과 세상에 대한 애착을 조금씩 잃어 가는 느낌이 들었다. 엄마는 웃음을 보이지 않았다. 엄마가 사랑하고 귀여워하는 손녀들이 와도 엄마는 미소 짓지 않았다. 엄마는 이웃 만나는 것을 꺼렸고 나와 함께 외출하는 것도 내키지 않아 했다.

엄마의 마음이 그러한 것은 아무래도 외할머니 때문으로 보였다. 엄마는 외할머니가 돌아가신 뒤로 자꾸만 시들어 갔다.

뇌 수술 후에는 엄마의 움직임이 눈에 띄게 서툴러졌다. 무릎 통증도 심해졌다. 엄마는 당신 몸이 예전 같지 않고 당신 몸이 아닌 것 같다고 했다. 엄마는 자신의 연약해진 마음과 미숙해진 손과 발을 맘에 들어 하지 않았다.

엄마가 텃밭과 화장실에서 넘어지는 일이 서너 번 있었고 그것 때문에 엄마도 나도 걱정을 많이 했다. 엄마는 더 이상 명철하지 못했고 또렷이 말하지 못했다. 그리고 나는, 엄마에게 전에는 없던 낯설고 이상한 습관을 보게 되었다. 엄마는 미간을 찌푸리며 고개 숙여 얼굴을 두 손에 파묻곤 했다. 엄마는 소파에 앉으면 팔꿈치를 무릎에 대고 허리 숙여 얼굴을 두 손바닥에 파묻었다.

"엄마, 왜 얼굴을 손으로 그렇게 가려요?"

난 엄마에게 물었다.

"내가 그랬니?"

엄마는 미간을 찌푸리며 말했다.

"엄마, 얼굴은 왜 그렇게 찡그리세요?"

"나도 모르겠구나."

그러면서 엄마는 다시 두 손에 얼굴을 갖다 댔다.

어느 날 오후, 오랜만에 홀로 집 밖으로 나선 엄마는 길가에서 꽃을 따 왔다. 엄마는 그것을 유리컵에 예쁘게 담아 식탁 위에 두었다. 그래서 식탁이 환해지고 예뻐졌다. 덕분에 나는 미소를 지을 수 있었다. 엄마의 꽃을 보고 미소를 지은 것이 얼마 만이었는지 모르겠다. 난 기뻤다.

그 꽃이 엄마의 마지막 선물이 될 거라는 상상을 어떻게 할 수 있었겠는가?

엄마는 돌아가셨다. 외할머니가 돌아가시고 딱 1년이 지났을 때였다.

엄마가 돌아가시기 이틀 전에 엄마가 식탁 위에 놓았던, 어여쁜 꽃이 담긴 유리컵, 그것은 내 책장에 놓였다. 꽃은 색을 잃고 말랐지만, 그 꽃은 지금도 내 책장에 있다.

방에 들어온 이 행자는 글을 다 읽고 나서, 스마트폰으로 서울 어떤 병원의 원무과를 검색했다.

'부서 전화번호, 원무과 02-923-1049~1051'.

"안녕하세요. 원무과입니다."

"안녕하세요. 뭐 좀 문의드리려고요."

"네, 말씀하세요."

"제가 지난 2월 초에 거기 입원했었어요."

"네."

"그때, 제 보호자 분 연락처를 알 수 있을까 해서요."

"입원하셨던 환자 분 맞으세요?"

"네."

"근데 보호자 연락처를 모르신다고요?"

"…"

"본인 확인 부탁드릴게요."

"네."

"전화는 본인 전화 맞으시죠?"

"네."

"성함이?"

"이도익, 이도익이라고 합니다."

"생년월일 말씀해 주시겠어요?"

"네, ○○○○년 ○월 ○일…"

"감사합니다. 보호자 분 연락처는 010…"

이 행자는 주저 없이 그 번호로 전화했다. 응답이 없자 다시 전화했다. 신호음이 들렸다. 신호음이 이어져서 긴장되는 건지, 신호음이 끊길까 봐 긴장되는 건지 헷갈렸다. 전화를 받지 않았다. 그리고 잠시 후 이 행자에게 전화가 왔다. 그러나 이번에는 이 행자가 받지 않았다. 그는 주저했다. 그러자 금방 그쪽에서 문자가 왔다.

— 언제든 편하실 때 연락 주세요.

꿈 VI

"그럼 도대체 몇 년 만에 자유를 찾은 거야?"

케토가 물었다.

"30년 동안 갇혀 있었으니까…. 내가 30년이라고 전에 말하지 않았니?"

"맞다. 그랬었지."

케토가 방정맞게 날갯짓을 하며 대답했다.

"다시 자유를 찾는다는 거. 30년 만에 다시 마음껏 바다를 누리게 됐다는 게 어떤 건지 궁금해. 그때 기분이 어땠을까?"

"이루 말할 수 없었지."

"뭐가?"

"기쁨! 자유로워졌다는 기쁨! 아무 생각 없이 그냥 기뻤어. 하지만 기쁨과 해방감은 길지 않았던 것 같아."

"그게 무슨 말이야?"

"얼마 지나지 않아 난 자유를 감당하지 못하겠더라고. 당장 어디로 가야 할지, 무엇을 해야 할지 몰랐어. 무엇이든 망설였어. 작은 물고기를 사냥하는 것조차 자신이 없었으니까. 물속 깊이 들어가는 것도 겁이 났어. 어느 순간 나는 내게 주어진 자유를 감당하지 못하고 자꾸 걱정만 하고 있더라고."

"걱정? 무슨 걱정이 생겨났는데?"

"그나마 수족관에서는 먹이를 주는 조련사와 이빨을 치료해 주는 수의사가 있었지만, 바다에서, 이 넓은 바다에서는 난 완전히 혼자였어. 거기서부터 걱정이 샘솟듯 생겨났어."

"범고래는 무리 지어 다니잖아? 무리를 찾아서 그들과 어울릴 생각은 안 해 봤어?"

"했지. 실은 범고래 무리를 만난 적이 몇 번 있었어."

"그래. 그것 봐. 동족이 최고라니까! 지금 당장 걔네한테 신호 좀 보내 봐! 어서!"

케토는 한시름 놓았다.

"케토, 내 얘기 아직 안 끝났어."

"그래? 말해. 어서. 나 듣고 있잖아."

"우연히 만난 범고래들이 나를 자기들 무리에 끼워 줬을까? 아니. 그들 꽁무니에 붙어 따라다녀 봤지만, 소용이 없었어. 사냥에 끼워 주지도 않았고 사냥한 먹이를 나에게는 나눠 주지 않았어. 내게 말도 걸지 않았고 내가 하는 말은 전부 무시했지. 그게 다가 아냐. 그들이 나를 공격했는 걸! 내 꼬리지느러미를 봐봐!"

틸리가 꼬리지느러미를 물 밖으로 들어 보였다. 그의 지느러미는 갈라졌고 꼬리 쪽에 커다란 살점이 떨어져 나가 움푹 팬 채 아문 곳도 있었다.

"도대체 이유가 뭐야? 왜 너를 따돌림 한 거냐고?"

"다르다는 거지."

"뭐가, 뭐가 다르다는 건데?"

"케토, 너도 알다시피 내 등지느러미는 힘없이 축 처져 있잖아."

"그거였어? 몹쓸 녀석들! 못된 것들! 내 단단한 부리로 그냥!"

"자유를 찾았지만 난 어디에도 속하지 못하는 외톨이였어. 다시 거대한 바다에 갇히게 된 거야. 검은 바다에 홀로."

틸리의 눈에 눈물이 맺혔다.

6. 다른 세상

임 행자의 왼손

새벽 예불이 끝나고 이 행자는 일주문까지 산책했다. 일주문 현판 아래 서 있으니, 저 멀리 산등성이 위로 새벽빛이 밝아 왔다. 이 행자는 발길을 돌렸다. 돌아서자 저 앞에 걸어가는 어느 행자의 뒷모습이 눈에 들어왔다. 뒷모습과 거리가 가까워졌을 때 이 행자가 앞에 걸어가는 행자를 불렀다.

"임 행자님!"

뒷모습의 주인은 임 행자였다.

"어이쿠, 이제 제가 보이는 겁니까?"

임 행자는 뒤돌아보며 놀란 어조로 말했지만, 표정은 그렇지 않았다.

"제가 임 행자님을 몰라볼 리 있겠습니까? 저기 먼발치에서도 알겠던걸요."

이 행자가 일주문을 돌아보며 말했다.

"아니 아까는 인사를 해도 본체만체. 불러도 대답도 안 하시더니."

임 행자가 시큰둥하게 말했다.

"제가요? 그럴 리가요?"

"무슨 생각에 그렇게 골몰하고 열중하시길래…."

이 행자는 임 행자의 말에 머리가 찌릿했다. 뭔가를 골똘히 생각하며 걸었을 자신의 모습이 그려졌다.

"이 행자님, 아침 공양하기 전에 제 방에서 차 한잔하시겠어요?"

"…."

이 행자가 바로 대답하지 않자,

"또 생각에 빠지셨습니까?"

임 행자가 말했다.

"아닙니다. 차 한잔하자고 말씀하셨죠?"

두 행자는 방에 들어와, 마주 앉았다. 임 행자는 끓인 물을 숙우熟盂에 따르고 다관에 녹찻잎을 떨어뜨렸다. 잠시 후 숙우에 있는 물을 다관에 부었다.

"이 행자님, 자 드셔 보세요."

임 행자가 이 행자 앞에 놓인 찻잔에 차를 따르며 말했다. 임 행자는 자신의 잔에도 차를 따랐다. 그리고 허벅지 밑에 있던 왼손을 꺼내 잔을 받쳐 들었다.

잔을 받치고 있는 임 행자의 굳은 손이 도드라져 보인다.

"임 행자님, 그 왼손 있잖아요. 오래전에 다쳤다고 하셨잖아요?"

"네."

"어쩌다 다치신 거예요?"

"행자님은 이 손이 그렇게 궁금하세요?"

임 행자는 씨익 웃었다.

"아니, 그게. 죄송합니다."

이 행자는 멋쩍어하며 차를 한 모금 넘겼다.

"죄송하긴 그게 왜 죄송해요? 괜찮습니다."

임 행자는 잔을 왼 손바닥에 놓고 오른손으로는 잔을 감싸 쥐었다.

"이 행자님은 대학교 다닐 때, 혹시 동아리 활동 했었어요?"

"네, 했었죠."

"어떤 동아리였어요?"

"학과 편집부라고, 하는 둥 마는 둥 했어요."

"저는 클래식 기타 동아리에 가입했었는데…"

"…"

"기타에 미쳐서 종일 기타만 쳤답니다. 제 전공이 법학인데 법대 동기들이 저를 몰라요. 제가 강의 다 빼먹고 동아리방에 틀어박혀서 기타 연습만 했으니까요."

"아…"

"기숙사에서 나와 자취를 한 것도 기타 연습이 목적이었죠. 군대 갔다 복학해서도 똑같았어요. 기타 때문에 졸업도 힘들었죠. 행자님, 차 더 드릴까요?"

임 행자가 이 행자의 빈 잔을 보고 차를 더 따라 주었다.

"기타 때문에 제가 잃은 것이 많지만 기타 실력만큼은 인정을 받았어요. 그때 가장 어렵다는 클래식 곡 열두 곡을 내 느낌대로 다 연주할 수 있었거든요. 근데 어느 날, 저 자신을 돌아보니까…"

임 행자는 과거를 회상하며 잠시 머뭇거렸다.

"하여간 기타 연주 말고는, 종일 제가 아무것도 안 하고 있더라고요. 우여곡절 끝에 졸업은 했지만, 그 후로도…. 수년 동안 기타에서 벗어나질 못했어요. 다른 건 안 했어요. 왜 게임에 미치면 며칠을 밤새 가면서 한다잖아요. 저는 그것보다 훨씬 심했어요. 뭔가 다른 것을 해야겠는데, 기타에서 벗어날 방법이 보이지 않았어요. 기타를 부숴보기도 했죠. 그것도 여러 번. 소용없었어요. 기타를 또 샀으니까."

임 행자는 피식 웃었다.

"하루는 아침에 눈을 뜨자마자 밖으로 나가서, 여기 숙우만 한 돌을 주워 들었죠. 그 돌로 제 손등을 있는 힘껏 내리쳤답니다."

"크억! 캑캑!"

차를 마시던 이 행자가 사레가 들려 캑캑거렸다.

"괜찮으세요?"

임 행자가 일어나서 책상 위에 있던 두루마리 휴지를 떼어서 이 행자에게 건넸다.

"그래서 왼손이, 왼손이 그렇게 된 거예요?"

이 행자는 휴지로 입과 턱을 닦으며 말했다.

"…."

"병원에 가거나 뭐, 치료도 안 받고요?"

"네. 작정하고 그런 건데요, 뭐."

"임 행자님, 후회 안 하세요?"

"후회는 무슨. 그런 거 없어요. 얻으려면 잃는 것도 있어야 하니까. 행자님, 그거 아세요? 집착에서 벗어났을 때의 느낌. 기타에서 벗어나니까 다른 세상이 내 앞에 펼쳐지는 느낌. 무언가로부터 자유롭기 위해 신체를 제약하는 것도 방법이 아닐까 합니다."

임 행자는 껄껄 웃었다.

"이 행자님, 이제 아침 공양하러 가요. 옛날얘기는 여기까지 하죠!"

둘은 잔을 내려놓고 일어섰다.

검정색 세단

보연 보살과 권 행자 사이에 논쟁이 붙었다.

오후 울력이 시작되기 전 권 행자가 일찍 종무소로 내려갔고, 거기서 검정색 대형 세단을 두고 뜻하지 않은 논쟁이 시작된 것이다.

"거시기, 강 행자님 아버지가 맞는데."

"글쎄, 아니라니까요. 권 행자님은 걱정도 안 되세요? 아까 점심때도 왔었는데 조폭이나 뭐 그런 사람들일 거예요."

"거시기 뭐냐 겉모습은 조폭보다 더 조폭 같지만, 겉모습만 보고 거시기하면 안 되거든요."

"제가 몇 번을 말씀드립니까? 공양 보살님도 봤는데 분위기가 살벌했다잖아요?"

보연 보살이 답답해하며 고개를 돌렸다.

"얼마나 재미난 얘기를 하시길래, 보살님 목소리가 밖에서도 다 들립니다."

이 행자가 종무소 문을 열고 들어오며 말했다.

"이 행자님도 우리 절에 종종 찾아오는 어깨 깡패들 아시죠?"

보연 보살이 물었다.

"거시기 어깨 깡패가 뭐이라요?"

권 행자가 끼어들었다.

"강 행자님 찾아오는 사람 말씀하시는 거죠?"

"네."

"저도 여러 번 봤죠."

"권 행자님이 자꾸 그 사람이 강 행자님 아버지라고 우기잖아요!"

보연 보살이 말했다.

"보살님, 목소리 좀 낮추세요."

이 행자의 말에 보연 보살은 머쓱했다.

"그 사람이 조폭인지 뭔지는 모르지만 강 행자님 아버지는 아닙니다."

이 행자가 잘라 말했다.

"강 행자님 아버지는 행자님이 네 살 때 돌아가셨어요. 제가 강 행자님한테 직접 들었거든요."

보연 보살도 권 행자도 이 행자를 빤히 쳐다봤다.

"강 행자님한테요?"

권 행자가 물었다.

"네."

이 행자의 한마디에 논쟁은 일단락되는 듯했다.

"그럼, 거시기 검정색 세단은 왜 자꾸 여기 온대요?"

권 행자가 말했다.

"올 때마다 분위기도 살벌하고 공양 보살 말대로 진짜 조폭이면 어떡해요?"

보연 보살이 덧붙였다.

"아닐 겁니다. 강 행자가 아무렴 그런 사람을 절에서 만나겠어요?"

말은 아니라 했지만, 이 행자는 건달 짓을 하다 감방에 갔었다는 강 행자의 말이 생각났다. 강 행자가 어머니 돌아가시기 전 어울렸던 건달들과 다시 연락하는 건 아닌지 이 행자는 걱정되었다.

꿈과 기억

오후 울력이 일찍 마무리되자 이 행자는 스님을 찾아뵈었다. 얼마의 시간이 지났을까. 주지 스님 방문을 조심스레 닫으며 이 행자가 방에서 나왔다. 이 행자는 얼마 전 이른 시간에 스님을 찾아뵌 적이 있었다. 그때도 꿈속에 출몰하는 고래에 대한 궁금증 때문이었다.

이 행자는 스님 방에서 나오며 스님의 말을 곱씹었다.

"사람들은 자신이 가 본 적이 없는 장소 그리고 만난 적이 없는 사람이나 동물에 대해 꿈을 꾸는 것처럼 생각하는 경우가 있는데, 실은 그렇지 않아. 전혀 아니지. 우리는 우리가 보고 듣고 느끼고 생각했던 것만을 꿈꿀 수 있어. 사람들은 자신들이 보고 듣고 느끼고 생각했던 것을 전부 기억할 수 없고, 무엇을 분명히 경험했다고도 확신할 수 없지. 그 이유는 우리가 보고 듣고 느끼고 생각했다고 확정할 수 있는 것은 실제의 10만분의 1도 안 되기 때문이야.

이 행자, 한 가지 물어보겠네. 자네가 이 방에 들어와 거기 무릎을 꿇고 앉는 그 짧은 시간 동안에 이 공간에서 무엇을 보았는지 말해 보겠는가?"

스님의 물음에 이 행자는 고개를 숙였다. 그의 머릿속에는 좌탁 위에 놓인 찻잔과 스님 등 뒤 책장에 꽂힌 책들 그리고 방바닥이 떠올랐다. 이 행자가 대답하려는 찰나, 스님의 물음이 다시 이어졌다.

"자네는 문 옆에 놓인 우편물을 보았는가? 내 등 뒤에 있는 책 중에 한 권만 제목을 말할 수 있겠는가? 내가 지금 안경을 끼고 있다고 생각하는가?"

주지 스님은 연이어 질문을 던지면서 고개 숙인 이 행자의 정수리에서 눈을 떼지 않았다. 이 행자는 아무런 대답을 하지 못했다. 특히 안경을 끼고 있느냐는 마지막 물음 때문에 더 그랬다.

스님의 눈빛과 표정은 기억나는데 안경을 꼈는지가 기억나지 않았다. 어이가 없었다. 이 행자는 고개를 들어 스님을 보지 않았다. 자신의 기억에 의존해 대답하라는 것이 스님의 뜻임을 알고 있었기 때문이다. 그러나 우습게도 기억나지 않는다. 다만 우편물은 없었던 것 같고 책 제목을 기억한다는 것이 오히려 이상하단 생각이 들었다. 그리고 스님은 안경을 쓰지 않았다는 대답을 마음속으로 했다.

"자네는 기억나지 않는다거나 못 보았다고 말할지 몰라. 하지만 우리 무의식은 수없이 많은 것을 보고, 우리 뇌는 그 많은 것들을 하나도 빠짐없이 모두 세포에 저장하고 있지. 인간의 뇌를 '소우주'라고 하지 않나. 1,000억 개가 넘는 뇌 신경세포. 그 신경세포의 무한한 연결과 조합. 그로 인해 만들어지는 무수한 생각과 무수한 기억의 공간들. 까마득해서 헤아릴 수 없는 다른 세계지. 마치 아득한 우주처럼."

스님은 그렇게 말하고 안경을 벗어 좌탁에 올려놓았다.

"이 행자, 수행 정진하다 보면 궁금증이 하나씩 해결되기 마련이야. 자네 꿈속에 출몰하는 고래에 대한 의문도 마찬가질 거야. 궁금증이 자기에게서 비롯되었듯 그에 대한 해답도 자기 안에 있는 거거든."

스님의 말을 곱씹으며 걷는 동안 이 행자는 어느새 일주문 앞에 이르렀다.

BTS

동국대학교 사회교육원 특강을 위해 주지 스님이 서울로 출타한 날, 저녁 수련이 끝난 직후였다. 장 사범이 행자들을 자기 방으로 불러 모았다.

장 사범은 휴대용 가스레인지를 꺼내어 냄비를 올리고 거기에 생수를 부었다. 그리고 가스레인지에 불을 당겼다. 그는 뭔가 가득 담겨 있는 검은 비닐 봉투를 자기 무릎 앞에 놓았다.

"행자님들, 제가 영양 라면 끓여 드리겠습니다."

"또 이렇게 장 사범님이 자리를 마련해 주시니까 참 거시기하네요."

권 행자가 기다렸다는 듯 웃으며 말했다.

주지 스님 부재 시에 장 사범은 가끔 소박한 야식을 준비하곤 했다.

권 행자의 입꼬리는 이미 귀에 걸렸다. 그는 군침을 꼴깍 삼켰다.

"지철 스님도 모셔 올까요?"

강 행자가 장 사범에게 말했다.

"지철 스님, 방에 안 계시다. 수련 끝나고 바로 야간 포행 가셨어."

"이 밤에요?"

"그래. 그리고… 스님은 치아가 안 좋으셔서 뜨겁거나 찬 음식을 드시지 못하잖아. 아마 계셔도 안 드시지 싶다. 아, 라면하고 참치 캔은 지철 스님이 사 주신 거니까, 나중에 잊지 말고 감사하다 말씀드리고."

"말이 나와서 하는 말인데, 지철 스님은 왜 병원엘 안 가신대요?"

이 행자가 물었다.

"자네도 알고 있었구만."

"예전에 보연 보살님한테 들었어요."

"하긴 뭐 대단한 것도 아닌데. 난들 알겠나? 건강검진 좀 받으라는 주지 스님 얘기도 소용없잖아? 병원에 안 가서. 한다는 말이, 닳고 닳아 사라질 몸뚱인데 뭘 그렇게 신경 쓰냐고 되묻는데 뭐. 주지 스님 말씀도 안 듣는데 치과 좀 가라는 보연 보살 말이 귀에 들어오겠어?"

장 사범이 답답하기 짝이 없다는 듯 혀끝을 찼다.

"자, 이것 좀 뜯어!"

장 사범이 비닐 봉투에서 라면을 꺼내며 말했다.

요란하게 라면 봉지를 뜯고 분말과 건더기 스프를 꺼냈다. 행자들은 금방 라면에 정신이 팔렸다. 냄비 안에 기포가 생길 즈음 장 사범이 스프와 면, 그리고 참치 캔 두 개를 넣었다. 검은 비닐 봉투에 통마늘도 한 움큼 있었는데 장 사범은 그것도 전부 냄비에 투하했다. 행자들에게 참치 라면은 호사였고 행복한 일탈이었다.

영양이 듬뿍(?) 첨가된 라면 덕분에 속세의 생기라도 생긴 걸까. 강 행자가 장 사범의 스마트폰을 만지작거렸다. 폰에서 음악이 흘러나왔다.

"남의 폰 가지고 뭐 하는데? 소리 좀 죽여! 너무 크다!"

장 사범이 강 행자를 다그쳤다.

"이거 요즘 제가 자주 듣는 노랜데요."

강 행자가 볼륨을 조금 줄이며 자신이 좋아하는 노래 한 곡을 들려줬다.

"「명동콜링」! 크라잉넛 아닙니까?"

권 행자가 말했다.

"맞아요! 「명동콜링」! 뭐드라, 「밤이 깊었네」도 아시죠?"

강 행자와 권 행자가 아주 신이 났다. 둘은 번갈아 가며 크라잉넛의 히트곡을 열거했다. 권 행자가 「명동콜링」을 끄고 다른 노래를 검색했다.

"이거 들어 보셔요! 노래 하면 이 사람 따라올 사람 있을랑가 모르겠어요."

권 행자가 어떤 노래를 들려줬다.

"아, '갓정현'! 박정현이네요. 제가 유일하게 좋아하는 가수가 박정현

이거든요. 가장 좋아하는 노래는 박정현이 부른 「좋은 나라」랍니다."

임 행자가 나서며 뿌듯해했다.

"거시기 박정현 아닌데. 음색이 다른데. 소향인데. 가만히 들어 보시면."

조심스레 권 행자가 말했다.

"아, 그러네요."

임 행자가 뻘쭘했는지 눈을 슬며시 아래로 깔았다.

"저는요. 거시기 걸그룹도 좋아해요. 요즘 블랙핑크에 꽂혀서 소향하고 블랙핑크 노래를 번갈아 듣고 있어요."

권 행자의 입꼬리가 라면 먹을 때처럼 다시 귀에 걸렸다. 그때 잠자코 행자들을 지켜보던 장 사범이 허리를 펴며 말했다.

"내가 문자 하나 보낼 테니 이따 방에 돌아가면 보시게. 혹시 '아미'라고 아시는가?"

행자들은 무슨 말인지 몰라 서로를 쳐다봤다.

"BTS! 내가 마음으로는 BTS 골수팬이여! BTS 노래는 청각, 시각, 후각, 촉각 전부를 자극해서 감동을 주지. 하여간 특별해. 청와대 국민청원 게시판에 내가 작성한 글이 있어. 그게 '청원 진행 중'이니까 '동의' 부탁하고. 이따 방에 가서 봐봐."

얘기를 듣다 보니 이 행자는 소외감이 느껴졌다. 자기만 이방인이 된 것 같았다. 왜냐면 좋아하는 노래는커녕 기억나는 노래가 한 곡도 없어 대화에 끼지 못해서였다. 장 사범과 다른 행자들이, 아니 이 행

자는 자신만이 다른 세상에 있는 것 같았다. 그래서 이 행자는 젓가
락만 만지작거렸다.

이 행자는 화장실에 볼일 보러 간다며 먼저 일어났다.

방으로 돌아온 이 행자는 꺼져 있던 폰을 켰다. 그리고 잠자리에 누
워 문자를 터치했다.

https://www1.president.go.kr/petitions/Temp/9Hk8ZI

「BTS(방탄소년단) 멤버들의 병역면제 검토 제안」— 대한민국 청와대

'URL 연결'을 했더니 청와대 국민청원 게시판 화면이었다. 거기에는
"청원 진행 중. 제목: BTS(방탄소년단) 멤버들의 병역면제 검토 제안. 참
여 인원: 120명. 청원인: facebook—○○○."이라는 글이 있었다. 장 사
범이 올린 글이었다.

BTS(방탄소년단) 멤버들의 병역면제 검토 제안

병역면제를 제안하는 이유는

BTS가 글로벌 스타 대열에 오르고

빌보드 챠트 상위 랭킹, 세계인의 열광, 유튜브 접속량으로 알 수 있는

그러한 인기, 인기 때문이 아닙니다.

또 "그런 인기가 곧 국위 선양이 아니냐." 하는 주장을 하려는 것도 아닙니다.

'손흥민'이 국가 대표로서 메달 획득에 기여하고

소속 팀에서 자신의 가치를 한껏 높이는 것과

세계 무대에서 BTS의 활약을 등가시키며 비교하려는 것도 아닙니다.

병역면제를 제안하는 첫 번째 이유는

그들이 보여 주는 무대 위의 퍼포먼스가

기존의 팝 안무의 틀을 깨고 새로운 형태의 표현 예술을 창조하고 있기 때문입니다. 그들은 전통 무용이 소유한 몸의 순수함과 창조성의 가치를 세련된 퍼포먼스로 승화시켜 세계의 젊은이들을 열광시키고 있습니다.

첫 번째 이유보다 더 중요한 것은

그들의 노래가 담고 있는 가사의 영향력입니다.

그들은 영어로 노래하지 않습니다.

그럼에도 10대, 20대, 세계 청소년과 청년들의 사랑을 받고 있습니다.

세계의 젊은이들이 가사의 의미를 찾아보고 BTS를 더 사랑하고 있습니다.

사랑받는 이유가 노래의 리듬이나 화려한 군무 때문만이 아닌 것입니다.

그들이 사랑받는 이유는 결국 'BTS의 노래는 다르다'는 인식 때문이 아닐까 합니다.

비틀즈의 노래를 세계인이 사랑하는 방식과 다르지 않습니다.

BTS는 기획사의 철저한 훈련 방식과 기획하에 만들어진 아이돌 그룹이 아닙니다.

그들 각각의 고민과 사유가 철학이 되었고 그것이 그들의 음악성과 만나 '세계인의 사랑을 받는 노래'가 되고 있습니다.

철학적으로 음악적으로 그들이 최고 위치에 있다고 생각하지 않습니다.

그러나 그들 또래에 비해 한 단계 높은 위치에 있는 것만은 확실합니다.

그래서 그들이 더욱 사랑을 받는 것이고 더 영향력이 있다고 생각합니다.

BTS는 '아티스트'입니다. '엔터테이너'라기보다는 '아티스트'로 불려야 마땅합니다.

BTS가 그들의 순수함과 열정을 유지하며 그것을 음악에 쏟아부어, 비틀즈가 그랬듯 앞으로 오랜 시간 세계인의 사랑을 받길 바랍니다.

40대, 50대 이상의 기성세대는 할 수 없는

10대, 20대들만이 서로에게 할 수 있는 역할을

BTS가 해내길 바랍니다.

국가가 도움을 준다면 BTS는 아티스트로서 세계 10대와 20대를 넘어, 전 세대에게 '대중문화의 리더'가 되어 K-pop의 새 역사를 창조할 수 있습니다.

이 행자는 폰을 내려놓았다.

대수롭지 않다고 생각하면 그만인 것을. 그게 이 행자는 잘 안 되었다. 위축됐고 자기만 뒤처져 있다는 생각뿐이었다. 자신을 제외하고 모두가 다른 세상에서 적어도 한 가지 일을 더 하는 것으로 보였다. 청와대 국민청원 게시판에 직접 글을 올린 장 사범은 특히 달라 보였다. 이 행자는 자꾸만 작아졌다.

죽음

아침 수련이건 저녁 수련이건 수련에 대한 압박감이 행자들 사이에 점점 커 갔다. 수련의 강도가 세진 것이 이유였다. 행자들의 실력이 1 향상되면 강도는 2만큼 세졌다. 수련장으로 향하는 행자들의 발걸음이 무겁고 표정이 굳는다. 장 사범도 그러했다. 지도하는 최 법사도 이를 악무는 분위기다.

오전 9시, 수련 시간이 가까워질수록 스트레스가 심해지는 것을 이 행자는 애써 외면하며 수련장에 들어섰다. 그때 태양이가 이 행자 옆으로 다가왔다.

"행자님, 오늘 수련도 힘들겠죠?"

"글쎄다."

'이 자식은 자기가 동아에게 했던 몹쓸 짓을 정말 까맣게 잊은 건지 아니면 잊은 척하는 건지…'

이 행자 생각에 태양이는 정확히 그 일이 있기 이전의 모습으로 돌아가 있었다.

"행자님, 수련은 힘들어야 하는 거죠?"

"…"

"힘들지 않으면 수련이 아닌 거죠?"

"…"

'예외는 어디에나 있다. 이 자식만은 스트레스를 받지 않는다'

최 법사가 태양이에게 "힘들면 뒤에 앉아 있어!"라고 말한 적이 있었다. 그 후로 태양이는 툭하면 뒤에 앉아서 관객이 되었다. 태양이는 자주 최 법사, 장 사범, 행자들의 고난도 발차기를 구경하며 물개처럼 손뼉을 치거나 홀로 탄성을 질렀다.

태양이는 오늘도 처음 20여 분을 제외하고는 관객이었다. 반면에 행자들은 땀방울을 흩날리면서 강도 높은 수련을 소화했다. 수련 직후에는 어김없이 입관과 좌관을 했다. 입관과 좌관을 할 때도 얼굴에 흐르는 땀은 멈추지 않았다.

그렇게 수련이 끝나면 모두가 뭔가 해냈다는 성취감에 뿌듯해했다.

수련이 끝나고, 하나, 둘, 행자들이 수련장 밖으로 나왔다. 시원한 바람이 불었다. 이 행자는 바람을 만끽했다. 얼굴에 흐르는 땀이 바람에 날아갔다.

이 행자가 수련 직후의 소소한 즐거움을 누리는 순간 최 법사가 말을 꺼냈다.

"지철 스님은 오늘도 몸이 편찮으신가요?"

이 행자에게 물었다.

"…"

최 법사의 물음을 듣고서야 이 행자는 지철 스님을 생각했다. 스님은 오늘 새벽 예불에도 불참했다.

"오늘 새벽 예불에 불참하셨어요. 몸이 안 좋으셔서 수련을 가끔 빠진 적은 있어도…"

이 행자가 머뭇거리자 강 행자가 말했다.

"새벽 예불에 나오시지 않았다고요?"

최 법사가 놀라서 물었다. 이때도 최 법사의 시선은 아래를 향했다.

경내에 머무르지 않으면 모를까, 스님이 예불을 빠지는 일은 있을 수 없는 일이었다. 최 법사는 강 행자에게 지철 스님 방에 가 보라고 했다. 이 행자도 강 행자를 따라갔다.

지철 스님 방문 앞에는 동아가 있었다. 동아는 스님의 헌 신발 위에

배를 깔고 웅크리고 있었다. 마치 신발을 품에 안은 모습이었다. 어떤 일로 동아가 여기까지 왔는지 이 행자는 의아했다.

방문을 열자 방 안에 남아 있는 온기가 문밖으로 밀려 나왔다. 방은 정갈했다. 모든 것이 가지런히 놓여 있었고 방바닥에는 먼지 하나 없어 보였다. 깔끔히 방을 청소한 후에 나간 것 같았다. 작은 책상 위에 스마트폰과 편지 봉투가 놓여 있었다. 강 행자와 이 행자는 그것을 눈여겨보지 않았다.

강 행자는 최 법사에게 지철 스님이 방에 안 계시고 어디 계신지 모르겠다고 말했다.

지철 스님이 없는 반나절이 지났다.

점심때가 되어 장 사범은 여느 때처럼 "마음에 점 찍어 볼까."라고 말하며 공양간으로 내려갔다. 행자들도 공양간으로 향했다.

공양 보살이 장 사범에게 지철 스님 얘길 꺼냈다. 공양 보살도 지철 스님 걱정을 했다.

공양 보살의 말에 따르면 주지 스님은 11시 조금 넘은 시각에 서울에서 내려왔고, 지철 스님이 새벽 예불에 불참하고 경내에 없다는 얘기를 들은 후, 공양을 물렀다고 한다.

해가 가장 높이 떠 있을 즈음 주지 스님은 장 사범을 급히 찾았다. 스님은 장 사범에게 자리밭으로 가야겠다고 말했다. 자리밭은 골굴사에서 차로 5분 걸리는 곳이다. 그로부터 두 시간이 지나, 절 식구들은 소식을 듣게 되었고 모두 충격에 빠졌다.

자리밭 산기슭에서 보라색 비단 목도리로 목을 맨 채 숨을 거둔 지철 스님이 발견되었다.

다비식[31]은 지철 스님이 출가한 양산 통도사에서 치러졌다. 모든 수행자들이 한 생을 마감한 수행자를 향해 고개 숙여 합장했다. 대중들은 함께 염불하며 진심을 다해 추도했다. 연꽃으로 화려하게 치장하지 않은 소박한 다비식이었다. 다비식을 엄수한 대중들이 지철 스님의 사리를 수습했다.

그런데 이상한 일이 있었다. 권 행자의 어머니도 참석했는데, 어머니가 다비식이 끝날 즈음 대성통곡하다 실신한 것이다. 그 모습을 보고 일부 대중들이 뭔가를 의심하며 수군댔는데, 지철 스님과 권 행자 어머니 사이의 관계를 수상히 여기는 듯했다. 공양 보살은 지철 스님이 권 행자의 친아버지가 아니냐는 얘기를 옆에 있는 사람들에게 슬며시 했다. 이를 들은 장 사범이 가만있을 리 없었다. 공양 보살에게 쓸데없는 얘기 하지 말라며 크게 화를 냈다. 장 사범이 눈을 부릅뜨고 화를 낸 건 그때가 처음이었다. 그 뒤로 지철 스님과 권 행자 어머니가 대중들의 입에 함께 오르내리는 일은 없었다.

이 행자가 지철 스님의 조그만 방을 다시 찾은 것은 양산에서 돌아온 직후였다. 이 행자는 지철 스님의 방문을 열었다. 우두커니 방 안에 서 있다가 바닥에 앉아 하염없이 벽을 쳐다봤다. 그는 무엇에 이끌

---

31 다비식茶毘式: 불교의 장례 의식.

린 듯 거리낌 없이 책상 위에 놓여 있던 스마트폰을 향해 손을 뻗었다. 폰을 유가족에게 전달해야겠다는 생각도 했다. 폰 밑에는 편지 봉투가 있었다. 폰은 배터리가 거의 방전된 상태였고 잠금이 해제되어있었다. 폰에 남아 있는 기록이 아무것도 없어서 지철 스님이 마지막으로 방을 나서기 전에 초기화했음을 짐작할 수 있었다.

'초기화…'

이 행자는 자신이 생각한 '초기화'라는 단어 때문에 '기억의 초기화'라는 말을 동시에 떠올렸다.

'어떤 충격으로 나도 모르게 내 기억이 초기화된 것은 아닌지, 의도적으로 내가 기억을 도려낸 것은 아닌지…'

"그놈의 기억! 참 징하다! 징해!"

이 행자는 푸념을 했다. 푸념하는 소리가 제법 컸다.

이 행자는 폰을 옆에 내려놓고 편지 봉투를 집어 들었다. 봉투 안에는 편지 한 장이 있었다. 무심코 한 줄, 한 줄 읽어 내려가던 이 행자는 갑자기 그것을 다시 편지 봉투에 넣었다. 그리고 한달음에 주지 스님에게 달려갔다.

몸을 바꿔 태어나다

새벽 좌선이 끝났다. 침묵이 흘렀다. 좌선 직후의 침묵치고는 길었다. 대중들은 일어나지 못하고 눈치만 살폈다. 여느 때 같으면 주지 스님이 벌써 죽비를 치며, 대중들에게 일어나라는 신호를 보냈어야 했다.

주지 스님이 돌아앉았다. 대중들은 스님과 마주하게 되었다.

"지철 스님이 돌아가신 지 일주일이 되었습니다."

마침내 스님이 운을 뗐다.

"너무나 갑작스럽고 황망하여 스님의 죽음에 의아함이 컸을 겁니다. 실은, 귀적歸寂하시기 전에 내게 편지 한 통을 남겼습니다."

주지 스님은 평소와 달리 높임말을 썼다. 아마도 지철 스님에게 예를 갖추려는 것으로 보였다. 그런 주지 스님의 굵고 낮은 목소리가 법당 안을 울렸다.

"지철 스님이 건강이 좋지 않아서 우리 골굴사에 온 사실은 다들 알고 있을 겁니다. 스님은 건강을 찾고자 했습니다."

주지 스님은 말하는 중간중간 뜸을 들였다.

"그런데 수련을 하면 할수록 당신 몸에 대한 불만이 쌓여갔다고 합니다. 여러분들이 아시다시피 기본적인 체력이 원체 약하고 유연성도 떨어지는 분입니다. 선무도 동작을 따라 하는데, 어려움이 적지 않았습니다. 그래서 몸을 바꿔 태어나겠다는 말이…"

주지 스님은 말끝을 흐렸다.

"지철 스님의 편지에 '몸을 바꿔 다시 태어나겠습니다.'라는 말이 있습니다. 본인 몸에 대한 불만이 어느 정도였는지…."

주지 스님은 다시 말끝을 흐렸다.

"세랍[32] 45세. 앞날이 창창한데. 지병도 있었다고 합니다. 이는 나도 알지 못했던 것입니다."

주지 스님은 고개를 잠깐 왼쪽으로 돌렸다가 다시 말을 이어 갔다.

"우리는 자신의 몸, 신체 능력이 어떠하든 간에 만족할 줄 알아야 합니다. 각자의 몸이 다 다릅니다. 타인과 다른 유일한 자신의 몸을 사랑해야 합니다. 심지어 몸에 들어온 병조차도 여러분의 신체와 정신의 일부라는 것을 기억해야 합니다. 병을 떼어 낼 수도 있지만 그러지 못할 수도 있으니 떼어 내면 떼어 내는 것이고 아니면 아닌 것입니다."

주지 스님의 이야기 중에 이 행자는 유독 "몸을 바꿔 다시 태어나겠습니다."라는 말이 뇌리에서 떠나지 않았다. 이 행자는 그 말이 자꾸 신경 쓰였다.

"스님들의 죽음을 '귀적'이라 합니다. 고요함으로 돌아간다는 뜻입니다. 지철 스님이 질병과 한낱 거죽에 불과한 이승의 몸에서 벗어나 고요함으로 돌아가길, 극락정토에 이르길 기원합니다. 나무아미타불."

대중들은 합장하고 머리를 숙였다.

---

32 세랍世臘: 승려의 세속 나이

다른 세상

내 할아버지는 어떤 이상한 물고기를 삼킨 직후 돌아가셨어.

할아버지는 다른 물고기와 함께 그 이상한 물고기를 삼켰던 것 같아. 의도한 것은 아니었어. 아버지가 말하길, 할아버지는 모양이 이상하긴 했지만 그것을 갓 죽은 물고기로 여겼대. 여하튼 모두 그 물고기가 할아버지의 사망 원인이라 말했지. 이상한 물고기의 정체는 '움직이는 화난 섬'의 파편이었어. 머리와 꼬리가 이빨처럼 날카로운, 직사각형의 길고 단단한 그것. 가공된 목재. 너희들에겐 '나무'라고 알려진 것이지. 실수로라도 그것을 절대 삼켜서는 안 돼. 그것을 삼키면 꺼지지 않는 포만감에 다른 먹이는 먹지 못해. 그다음에는 수 주 동안 알 수 없는 복통에 시달리다가 결국 죽음을 맞이하지. 피를 토하고 괴성을 지르며 몸부림치다 숨을 거두기도 하는데, 그런 동료를 위해 우리가 할 수 있는 일은 아무것도 없어.

우리는 그것을 삼키면 죽음을 맞이한다는 사실을 엄연히 교육받았어. 그런데 어느 범고래가 스스로 그 파편을 삼키는 일이 발생했어. 이 사건을 시작으로 그와 유사한 일들이 고래 사회에 빈번해졌지. 스스로 죽음을 선택하는 끔찍하고 괴이한 일. 주로 동료들과의 소통에 어려움을 겪던 고래들이 끔찍한 선택을 했어. 그들은 하나같이 그룹에서 따돌림을 당했고 무시당했어. 어디에도 속할 수가 없었어. 어느 누구도 그들을 이해하기 위해 다가가지 않았지.

최근에는 너희들이 조심해야 할 생명체가 많아졌어. 그중에 유독 눈에 띄는 것이 있는데 그 생명체는 물의 흐름을 절대로 거스르지 않아. 숨을 쉬지 않아서 죽은 것이 분명한데도 절대로 썩지 않아. 수개월이 지나도 심지어는 몇 년, 아니 수십 년이 지나도 썩지 않지. 그 썩지 않는 생명체는 무지개보다 더 화려한 색깔을 갖고 있어. 이것을 삼키는 것은 죽음을 선택하는 것과 같아.

우리 고래는 순리대로 살아왔어. 스스로 죽음을 선택하는 고래는 없었지. 그러나 소외당해 괴로움에 빠진 몇몇 동료들이 죽음을 선택하는 참담한 일이 벌어지게 된 것은 순전히 '움직이는 화난 섬'의 파편과 '썩지 않는 생명체'의 존재 때문이야. 너희들 그거 아니? 위험한 것들은 전부 인간이 사는 육지에서 바다로 방사됐다는 것을. 인간은 우리에게 스스로 죽음을 택하는 법을 가르쳐 준 거나 다름없지.

육지에서 방사된 썩지 않는 생명체가 모여 거대한 섬이 되기도 해. 이 섬 가까이 가서는 절대 안 돼. 명심해! 그 섬의 냄새도 맡아서는 안 돼. 왜냐면, 그 섬 가까이 가게 되면 무엇 때문인지 우리 고래는 환각 증세를 일으켜. 때로는 언어 기억을 잃어서 말을 할 수 없게 되지. 환각증을 겪고 언어 기억을 잃은 고래는 그 이상한 섬 주변에서 썩지 않는 물고기를 마구 먹어 치우는 이상 행동을 보여. 그들은 결국 죽게 돼.

인간이 사는 육지는 바다와는 전혀 다른 세상이야.

—『고래의 시』 중에서

영동행관

승형流形

영동행관, 승형은 심신일여의 완전한 표현으로 선무도 수련의 핵심이다. 2승형과 3승형은 각각 6분에서 7분가량의 시간이 소요된다. 소요 시간이나 겉모습만으로도 세속 무도의 형(품세)과 확연히 구별된다. 난이도는 비교가 되지 않을 만큼 높다.

승형의 승은 '오르다'라는 의미로 호흡과 동작, 그리고 정신세계의 차원이 한 단계씩 올라간다는 뜻이지만 선무도에서는 '오르다'의 반대개념인 '낮추다'라는 의미도 포함하고 있다. 즉 자신을 낮추는 마음인 하심下心, 겸손한 마음이 수행이 깊어질수록 더 커져야 한다. 그래서 2승형을, 3승형을 배우더라도 1승형 수련을 게을리해서는 안 된다. 수행이 깊어질수록 기본을 돌아봐야 한다.

영동행관은 1승형부터 10승형까지 그다음에는 1지에서 10지까지 존재한다. 1지에서 10지는 몸으로 표현하지 않으나 몸으로 표현되는 것으로 좌관을 통해 의식 속의 생각이 4차원에서 동작으로 실체화되는 신기의 단계이다. 승형과는 전혀 다른 세계이다.

— 『대금강문 함월산 선무도 이야기』 '하권' 중에서

지난 열흘 동안의 선무도 수련은 한마디로 지독함 그 자체였다. 주지 스님이 하루도 빠짐없이 직접 지도했다. 열흘 연속으로 스님이 직접 지도하는 일은 처음이었다. 주지 스님이 앞에 있다는 것만으로도 긴장되어서 동작 하나하나 허투루 할 수 없었다.

지철 스님 사후, 수련의 강도가 엄청나게 높아졌다는 생각이 들었지만 주지 스님의 마음을 알 수는 없었다. 장 사범은 지철 스님 생각을 잊게 하려는 것이라 말했고, 권 행자는 주지 스님의 마음이 '거시기해서' 그런 것 같다고 했다.

수련자들의 체력이 극한에 도달한 순간에도 주지 스님은 그들을 매몰차게 몰아붙였다. 멈춤이 없었다. 강 행자와 임 행자는 점프 양발벌려차기를 하는 도중 숨을 헐떡이면서 여러 차례 헛구역질했다. 신기한 것은, 혼미한 정신과 녹초가 된 몸 상태에서도 주지 스님의 죽비 소리에 몸이 반응하는 것이었다.

"심인법!"

주지 스님의 한마디 말에,

"아!"

강 행자가 탄성을 질렀다. 마침내 한고비 넘었다는 투였다. 이 행자도 한시름 놓았다. 심신의 피로가 녹아내렸다. 심인법은 떨리는 몸의 근육, 혈액의 흐름과 흥분한 마음 그리고 거친 호흡을 평온하게 했다. 수련이 일찍 마무리되는 듯했다.

"심인법!"

수련자들이 다시 긴장했다. 주지 스님의 목소리는 여전히 기운으로 똘똘 뭉쳐 있었다. 심인법이 끝을 의미하기도 하지만 시작을 뜻한다는 것은 새삼스러운 일이 아니었다. 이 행자는 두 눈을 질끈 감았다. 스님은 최 법사에게 3승형 지도를 명했고 대상은 이 행자, 한 사람이었다. 다른 행자들은 1승형과 2승형을 연마하게 했다.

선무도에 입문한 지 불과 4개월이 채 되지 않은 이 행자였다. 의아하다, 말이 안 된다는 듯한 표정이 다른 행자들의 얼굴에 역력했다. 그리고 이깃은 처음 있는 일이 아니었다. 이 행자의 1승형과 2승형의 진도도 당연히 전례 없이 빨랐다. 그러나 이 행자의 선무도 소화 능력에 이의를 제기하는 사람은 지금까지 아무도 없었다. 그만큼 이 행자의 승형은 훌륭했다.

주지 스님이 잠시 자리를 비웠다. 최 법사는 이 행자에게 3승형 지도를 시작했다. 그때 느닷없이 강 행자가 최 법사 앞으로 다가갔다.

"법사님, 드릴 말씀이 있습니다."

강 행자의 어조는 사뭇 격앙되었다. 대중의 이목이 강 행자에게 쏠렸다.

"네, 말씀하세요."

"여기서는 그렇고…, 밖에서 말씀드리면 안 되겠습니까?"

강 행자는 이 행자를 힐끗 쳐다보며 말했다. 최 법사와 강 행자가 밖으로 나갔고 잠시 후에 최 법사만이 홀로 돌아왔다.

최 법사는 이 행자 앞으로 와서 3승형 지도를 계속했다.

"법사님, 강 행자는요?"

이 행자가 물었다.

최 법사는 이 행자의 물음에 답하지 않았다.

"내가 알기로는 1승형도 2승형도 이 행자님만큼 초고속으로 마스터한 사람은 없었습니다. 초고속이라기보다 빛의 속도가 맞겠어요. 솔직히 있을 수 없는 일이죠. 난 스님에게 3승형을 배우기까지 8년이 걸렸는데 당시에는 주변에서 제일 빠르다고 했습니다. 이 행자님! 혹시 전생에 선무도 했던 거 아닙니까?"

"전생에요?"

"그게 아니고서야 말이 안 되잖아요?"

이 행자는 어이없다는 듯 픽 웃었다. 최 법사도 웃음을 보였다. 다소 느슨해진 템포로 승형 수련이 20여 분 남짓 지속됐다. 주지 스님이 이내 수련장에 다시 나타났다. 스님은 수련장 앞으로 걸어가 죽비를 집어 들었다.

탁! 탁!

"심인법!"

언제 끝나나 싶던 수련이 주지 스님의 죽비 소리와 함께 마침내 마무리되었다.

"전부 옷매무새 정돈하고 자리에 앉아!"

주지 스님의 말에 모두 도복을 단정히 했다.

"최 법사! 강 행자는 어디 갔노?"

주지 스님이 물었다.

"…갑자기 복통이 와서 화장실에 갔습니다."

최 법사의 어조는 자연스럽지 않았다. 그런 최 법사의 모습을 주지 스님은 모른 척했다.

"다들 아는 것처럼 영동행관, 승형은 심신일여의 완전한 표현으로 우리 선무도 수련의 꽃이야."

주지 스님이 승형에 대해 말했다.

"승형은 움직임과 마음과 호흡을 통찰하는 통찰 명상이기도 해. 대개 1승형을 마스터하면 2승형을 배우고 싶고, 2승형 길을 알면 3승형이 욕심이 나지. 하지만 앞으로 배울 것을 생각하기보다는 현재 내가 하는 것에 충실해야 해. 현재 내가 1승형을 하고 있으면 1승형에 충실해야지. 당연한 얘기지만 그렇게 연습해야 1승형 동작에 담겨 있는 의미를 깨닫고 나름의 독창적인 의미를 부여할 수가 있어.

안 그런 게 어디 있겠냐마는 영동행관, 승형은 해도 해도 끝이 없는 수련법이지. 어느 하나 놓치지 않는 통찰 명상을, 그것도 고난도 동작을 소화해 내면서 하기란 쉬운 게 아니거든. 승형 다음에는 1지에서 10지까지 있는데 이것은 의식 속에 생각이 4차원에서 동작으로 실체화되는 단계야. 승형과는 전혀 차원이 다른 세계지. 무협 영화 〈영웅〉에서 장천과 무명이 서로 움직이지 않는 채 의식 속의 결투를 벌이는 장면은 선무도에 실재하는 것이야."

스님은 끝으로 '겸손'을 말했다.

"수행 아닌 것이 없음을 기억해야 해. 1승형도 10지도 수행일 뿐이야. 화려한 기술을 잡기 부리듯 자랑하지 말아야 하고. 내가 깨달은 것이 아주 작은 조각에 불과하다는 것을 알아야 해. 하심 하고 겸손 해야 해. 또한, 수행은 고행을 전제한다는 것도 기억해야 하고. 수행이 곧 고행이야."

수련이 끝나고 이 행자는 종무소 앞으로 내려갔다. 그가 자판기에 서 펩시콜라를 뽑아 방에 들어왔을 때 시간은 밤 10시가 훌쩍 넘어가 고 있었다.

육체의 고단함은 어느새 사라지고 수련 시간 마지막에 주지 스님이 해 준 말만이 이 행자의 귓가에 맴돌았다.

꿈 Ⅶ

"틸리!"

케토가 나긋이 틸리를 불렀다.

"왜?"

"지금도 바다에 갇힌 거 같니? 자유를 얻었지만, 다시 거대한 바다에 갇힌 것 같다고 네가 말했었잖아."

"모르겠어. 아무튼, 이렇게 넓은 바다가, 수족관이 그랬던 것처럼 내 겐 다른 세상 같아. 익숙하지 않아. 시간이 더 필요해."

"그렇구나."

케토가 잠시 생각에 잠겼다. 그러고 무슨 생각이 떠올랐는지 날개 를 퍼덕이고 고개를 위아래로 끄덕였다.

"틸리, 나 어릴 적 할아버지한테 맨날 듣던 말이 있는데."

"무슨 말?"

"'하늘 위로 높이 올라가지 마라!' 할아버지는 그렇게 말씀하셨어."

"왜? 하늘 위로 높이 올라가지 말라니, 도대체 왜? 너희들은 하늘 위 로 마음껏 높이 올라가도 되잖아? 높이 날아야 멀리 볼 수 있는 거 아 니니?"

틸리가 흥분해서 말했다.

"틸리, 진정해!"

"케토, 난 사실 밤하늘을 날아서 동그랗고 커다란 달에 안착하는 게 꿈이거든. 근데 하늘 위로 높이 올라가면 안 된다니…"

"잠깐만! 너 달에 가겠다고? 그게 가능해? 고래가 어떻게 하늘을 날아?"

"꿈을 꾸면 이루어질 수 있으니까."

틸리는 정말 하늘을 날 수 있다고 생각하는 것 같았다.

"너 참 순진하구나! 허황된 꿈은 아예 꾸지 않는 게 좋을 텐데."

케토는 마치 콧방귀를 뀌듯 부리를 절레절레 흔들었다.

"아무튼, 내가 날갯짓을 시작했을 때부터 할아버지는 하늘 위로 높이 올라가지 말라고 말씀하셨어. 어른들은 모두 그렇게 얘기했어. 근데 그 말을 어기고 하늘 위로 높이 올라간 친구가 있었어. 음, 그 친구는 사라졌어. 아, 사라진 건 아니구나. 다시 나타났으니까. 사라졌던 친구가 발견되었을 때 안타깝게도 친구의 깃털은 녹고 눈은 멀어서, 날지도 앞을 보지도 못하는 상태가 됐어. 그 친구가 그랬어. 저 높은 곳은 바람 소리가 없는, 공기가 희박해 쉽게 흥분이 되는, 태어나 한 번도 본 적이 없는 완전히 다른 세상이라고. 그래서 뭐라 말로 표현할 수 없는 경외감이 든다고."

"태어나 한 번도 본 적이 없는 세상! 근데 눈은 왜 멀게 된 걸까?"

"깃털이 녹아 버린 건 궁금하지 않고?"

"궁금해. 그것도 알고 싶어."

"들어 봐! 한 번도 본 적이 없는 찬란한 빛줄기는 깃털이 녹아 버릴 정도로 뜨거웠고 그 빛이 눈에 들어오는 순간 아무것도 보이지 않았대. 그 후로 형체는 보이지 않고 온통 하얗게 보이고…. 결국 눈이 멀게 된 거지. 그리고 그 친구가 오묘한 얘기를 했어."

"…"

"하늘 위의 또 다른 하늘이랄까. 다른 세상이 궁금해서 어른들의 말을 거스르고 하늘 너머로 올라갔지만 어쩌면 다른 세상은 없을 거라는. 고개를 돌려 다른 곳을 보면 그곳이 바로 다른 세상이라는…."

"…"

"틸리, 내 얘기 듣는 거니?"

틸리가 아무 반응이 없자 케토가 짜증스레 물었다.

"듣, 듣고말고."

틸리는 갑자기 허기가 느껴졌다. 틸리는 사실 하루 종일 아무것도 먹지 않았다. 하루가 아니라 언제 배를 채웠었는지 기억나지 않았다. 대략 지난 보름 동안 아무것도 먹지 않은 것 같았다.

"케토, 난 이제 바닷속으로 들어가 봐야겠어."

"그래, 알았어. 나중에 봐."

틸리는 잠수했다. 틸리의 몸이 거대한 회오리를 만들어 냈다. 틸리는 물속 깊이 들어가며 한 가지 사실을 깨달았다. 틸리는 물속 3,000 미터 이상 잠수해 본 적이 없었다. 단 한 번도. 깊은 심연의 바다 세계를 궁금해했던 적도 없었다.

7. 꿈

동아의 꿈

아카시아 향이 불어온다. 향기가 진하다.

수련장으로 향하는 행자들의 발걸음이 가볍다. 표정도 여유롭다. 그 모습이 아카시아 꽃향기 흩날리는 6월의 상쾌한 날을 닮았다.

"고통이 지나간 후에는 언제나 기분이 훨씬 좋아집니다." 이 행자는 예전에 팀이 한 말을 생각했다. 고된 수련의 기억이 주마등처럼 눈앞을 스쳐 지나갔다.

오전 수련은 최 법사가 예고한 대로 상공(겨루기) 수련이다. 상공은 짧으면 1분, 길면 5분간 상대를 바꿔 가며 공격과 방어를 쉼 없이 하는 것으로, 때로는 한쪽은 공격만, 다른 한쪽은 방어만 하기도 했다.

유독 상공을 할 때면 행자들은 긴장이 되었다. 그러나 이 행자만은 아니었다. 넘치는 자신감에 오히려 마음이 평온했다.

며칠 전 이 행자는 강 행자와 상공을 한 적이 있었다. 이 행자의 제안으로 이루어졌다. 정규 수련이 아니었다.

"강 행자님이 공격하시면 저는 피하기만 하겠습니다."

스피드가 남다른 강 행자의 발이었지만 그의 발끝은 이 행자의 도복을 스치지도 못했다.

"강 행자님, 이번에는 제가 공격하겠습니다. 옆구리를 공격할 테니, 피해 보시겠어요?"

"…"

이 행자의 도발에 강 행자는 꿀 먹은 벙어리였다. 자존심이 상했으나, 강 행자는 최면에 걸린 듯 이 행자의 말을 따랐다. 그리고… 강 행자는 이 행자의 옆구리 공격을 피하지 못했다. 이어서 이 행자가 어깨를 가격하겠다고 말했다. 이 행자의 발이 강 행자의 어깨를 스쳤다. 강 행자는 이 행자의 공격에 무기력했다.

오늘도 이 행자는 상대의 옆구리, 가슴, 어깨, 자신이 원하는 곳에 발바닥을 대었다가 반격을 회피했다. 깊숙이 공격할 수 있었지만 그러지 않았다. 자기 생각대로 공방이 이루어지는 것이 입증되면 그만이라 생각했다. 그런데,

빡!

소리가 엄청났다. 강 행자와 이 행자의 상공이 시작되었을 때였다. 강 행자가 이 행자의 정강이를 낮은 내회족으로 강하게 찼다.

이 행자는 시작하는지도 몰랐다. 또한, 강 행자가 설마 정강이를 공격할 것이라고는 상상하지 못했다. 하단 공격을 하지 않는 것이 묵시적 약속처럼 여겨졌기 때문이다. 강 행자의 예상 밖 공격에, 이 행자

는 곧바로 오른발 옆차기로 강 행자의 옆구리를 가격한 후 공중에서
왼발 뒷차기로 강 행자의 턱을 때렸다. 이 행자가 매일 연습하는 연속
발차기 패턴 중 하나였다.

최 법사는 멋진 공격과 반격이라며 강 행자와 이 행자를 칭찬했다.
그러나 강 행자는 손바닥으로 턱을 감싸고 손가락으로는 앞니를 만졌
다. 그러고 나서 이 행자에게 무섭게 달려들었다. 이 행자는 물 흐르
듯 뒤로 물러났다. 강 행자의 눈빛이 심상치 않다는 걸 이 행자가 눈
치챘다.

"동아가 이상해요! 장 사범님! 보연 보살님이 장 사범님 불러오래요!"
누가 수련장으로 들어와 소리쳤다. 모든 이의 시선이 수련장 뒤쪽을
향했다. 유연공(선체조)만 하고 최 법사 지시에 따라 종무소로 내려갔
던 태양이였다. 수련장으로 뛰어 들어온 태양이 얼굴이 상기돼 있었
다. 장 사범은 태양이 표정을 보고 황급히 종무소로 내려갔다. 나머지
는 수련을 마무리해야 했다. 30여 분 후 오전 수련이 끝났다. 약속이
나 한 듯 수련자들 모두 종무소로 향했다. 종무소는 텅 비어 있었다.

오후 1시쯤 장 사범이 양북에 하나밖에 없는 동물병원에서 돌아왔
다. 종무소에 있던 행자들 모두 밖으로 나왔다. 장 사범은 가슴에 안
고 있던 동아를 종무소 뒷마당, 햇살이 잘 드는 곳에 내려놓았다.

"수의사가 점심시간을 반납하면서까지 여러 가지 검사를 했는데, 치
료가 불가능하대요."

장 사범이 말했다.

최근 동아의 치매 증세가 심했었다. 한쪽으로 빙빙 돌다가 힘없이 픽, 쓰러진다든지 침을 줄줄 흘리는 이상 행동을 보였었다. 게다가 식욕이 예전 같지 않아 영양 상태도 염려되었다. 지철 스님 돌아가신 후에는 온종일 물 한 모금 입에 대지 않는 날이 많았다.

동아는 그날 저녁 눈을 감았다. 아무도 믿지 않을 테지만 불과 넉 달 전에 일주문에서 펄쩍펄쩍 뛰며 제일 먼저 이 행자를 맞이했던 동아였다. 겨울에 태어났다 하여 '동아冬兒'라 불리었던 아이. 동아가 조용히 눈을 감았다.

저녁 수련이 취소되었다. 동아 때문이었다. 예불을 마친 다음, 이 행자는 저녁노을에 붉게 물든 암벽을 타고 마애여래좌상 앞으로 갔다. 좌상 앞에 앉아서 멀리 동해 바다를 바라보고 있는데, 강 행자가 올라왔다. 그는 말없이 이 행자 옆에 앉았다. 잠시 후 태양이도 올라왔다.

"행자님, 여기 앉아도 돼요?"

태양이가 강 행자 옆에 앉았다.

"행자님, 동아처럼 착한 개는 하늘나라 가죠?"

태양이 물음에 강 행자가 고개를 끄덕였다.

"행자님, 동아는 꿈이 있었을까요?"

"꿈?"

강 행자가 되물었다.

"네. 사람만 꿈을 꿀 수 있다고 생각하는 건 잘못된 거고 동물도 꿈을 꾼다고 생각하는 게 옳은 거죠?"

태양이 말에 강 행자도 이 행자도 고개를 끄덕였다.

"저는 동아의 꿈이 궁금해요. 동아는 무슨 꿈을 꾸었는지, 꿈은 이뤘는지. 만약에 꿈을 이루지 못했다면 하늘나라 가서는 동아가 꿈을 이뤘으면 좋겠어요."

"그래. …태양아, 근데… 미안하지만 먼저 내려갈래?"

강 행자가 부탁했다.

"네, 강 행자님."

태양이의 모습이 멀어지는 것을 보며 강 행자가 말을 꺼냈다.

"시기심이 생겼어요."

"…."

"그래서 얼마 전부터 이 행자님을 멀리했던 거 같아요. 제가 훨씬 오랫동안 수련을 했는데, 이 행자님 실력이 만만찮고 저보다 진도가 빠르니 제가 속이 배배 꼬여서…. 미안합니다."

"제가 미안합니다. 강 행자님, 제가 너무 눈치가 없었어요. 주변을 살피지 않았어요. 수련에 집중한답시고."

"아까, 정강이 걷어찬 것도 용서해 주세요. 근데…, 저 앞니가 흔들려요. 턱관절도…."

"정말요?"

"아뇨. 농담입니다."

강 행자가 웃었다. 이 행자도 강 행자를 쳐다보며 덩달아 웃었다.

꿈, 고래의 시

하늘이 참 맑고 바닷물은 따뜻하구나.

너희들과 같은 어린아이를 보고 있으면 내 마음이 맑아지고 가슴이 훈훈해져. 너희들의 행동 하나하나가 내 어릴 적 모습을 생각나게 하지. 내가 가졌던 해맑은 웃음소리와 강한 호기심 그리고 수많은 꿈을 소환해. 너희들은 하늘보다 훨씬 맑아. 태양처럼 세상을 따뜻하게 해 주는 존재지.

근데 나이가 들면서 너희들은 세 가지 보석을 잃을지 몰라. 웃음소리, 호기심, 그리고 바로 꿈이라는 보석….

물살이 지느러미를 간지럽히면 난 엄청 크게 웃곤 했어. 수면 위로 올라갔을 때 코에 닿는 바람에도 웃고 말이야. 작은 물고기 떼를 쫓아가면서 얼마나 재밌어했는지 몰라. 거의 매 순간 웃음으로 노래했어. 별것 아닌 소리와 느낌에도 크게 웃었으니까. 그러나 지금 난 내 웃음소리가 기억나지 않아. 언제 마지막으로 웃었었는지 기억이 나질 않아. 웃음소리를 잃고 말았지. 어른이 되면서.

호기심도 마찬가지야. 내 말은 나이가 들며 세상을 탐구하려는 호기심을 잃었다는 거야. 내가 일곱 살 때까지 가장 많이 했던 말이 뭔지 아니? 그건 "저게 뭐야?"라는 질문이지. 참 단순한 질문. 그다음으로 많이 한 말은 "이건 왜 그래?"라는 물음이고. 아빠와 엄마한테 늘 그 두 가지 질문을 하곤 했지. 그때마다 아빠도 엄마도 환하게 미소 지으며 대답해 주셨어.

간단히 대답만 해 주신 것이 아니라 차근차근 설명해 주셨어. 엄마, 아빠의 대답은 종종 이야기보따리 그 자체였어. 그렇게 세상을 배우며 어른이 되어 갔지.

어른이 되어서는 별로 궁금해하지 않았어. 모르는 게 낫다, 라는 생각을 했는지 몰라. 어느 날 나 자신을 돌아보니, 나는 이유를 묻지 않고 남들이 하는 대로 똑같이 따라만 하고 있더라고.

대부분 어른은 꿈을 꾸지 않아. 그래도 꿈이 있다면…, 고래 사회의 착하고 평범한 구성원으로 남는 것 정도가 아닐까. 그들에게 어릴 적 꾸었던 꿈은 없어. 예를 들어, 육지에 가겠다거나, 새처럼 하늘을 날겠다거나, 하늘을 날아서 달을 건드려 보겠다거나, 물개나 북극곰의 신호를 배워서 그들과 소통하겠다는 그런 꿈. 나는 실현 가능한 꿈보다 남들이 비웃더라도 불가능하고 터무니없는 꿈을 꾸는 게 낫다고 생각해. 그런 꿈은 우릴 미소 짓게 해. 그리고 실은 이 세상에 불가능한 것은 없어. 너희들이 상상하는 모든 것은 언젠가 현실이 되지.

너희들에게 고맙다고 해야겠어. 너희들을 만나면서 난 어릴 적 꿈을 다시 꾸기 시작했거든. 꿈을 꾸지 않으면 아무런 일도 일어나지 않아. 꿈을 꾸지 않으면 아무런 변화가 없어.

— 『고래의 시』 중에서

아버지

"이 행자! 임 행자!"

장 사범이 불이라도 난양 호들갑스럽게 행자들의 방문을 두드렸다.

일찍 울력을 마무리한 행자들은 방에서 쉬고 있는 참이었다. 자투리 시간마저 방해받는가 싶어 행자들은 장 사범의 부름이 반갑지 않았다. 이 행자는 방에서 게으름을 피웠고 임 행자도 문을 열지 않았다.

"이 행자, 뭐 해? 어서 나와 봐!"

장 사범이 이 행자 방문을 열어젖히며 정색하고 말했다.

장 사범의 표정을 보고서야 이 행자는 밖으로 나왔다.

"이 행자, 종종 강 행자 찾아오는 사람 알지?"

"…."

"왜, 그 검정색 대형 세단 말이야."

"아! 몇 번 봤죠."

"지금 공양간 앞에 왔는데 분위기가 심상치 않아."

"그 사람 또 왔답니까?"

뒤늦게 나온 임 행자가 물었다.

"그 사람만 온 게 아냐. 차량 두 대가 더 왔는데 십중팔구 똘마니들이겠지."

장 사범은 이미 그들을 폭력배로 간주했다.

"장 사범님, 권 행자님도 불러야죠?"

이 행자는 사람이 더 있어야겠다고 생각했다. 장 사범과 행자들은 어떻게든 그 자식들이 더 이상 골굴사에 발을 들이지 못하게 할 작정이다.

"그래. 기다릴 테니 같이 가자고."

장 사범이 대답했다.

이 행자는 권 행자에게 조폭이 강 행자를 귀찮게 한다고 말했고 지금 공양간 앞에서 일이 벌어질 것 같다고 했다. 그러자 강 행자가 이를 갈며 말했다.

"이런 썩을 놈들!"

평소의 그답지 않은 말투와 표정이 그의 외모와 어우러져, 이 행자는 권 행자에게서 순간 영화배우 마동석의 모습을 보았다.

장 사범이 앞장섰고 그 뒤를 세 명의 행자가 따랐다. 공양간 앞에는 강 행자와 검정 양복을 입은 사람이 마주 보고 있었다. 똘마니들은 자기들 차량 옆을 서성였다.

"여 함월산 호랭이는 뭐 하고 자빠졌당가? 저 잡것들 안 씹어 가고. 여가 어디라고 떼거리로 댕겨야!"

권 행자의 입에서 튀어나온 말이다. 목소리가 워낙 커서 그가 내뱉는 한 마디 한 마디가 경내를 쩌렁쩌렁 울렸다.

장 사범을 비롯한 행자들 눈이 휘둥그레졌다. 모든 시선이 권 행자를 향했다. 강 행자도 마찬가지였다.

"뭘 꼬라봐? 눈꾸녕을 확 쭈새 가꼬 먹물을 쭉 뿔아 먹어 볼랑께!"

권 행자가 앞으로 나서며 검정 양복을 입은 사람에게 알 수 없는 욕지거리를 퍼부었다. 임 행자는 자기한테 하는 말인 줄 알고, 권 행자를 똑바로 쳐다보지 못했다. 이 행자는 '권주먹'이 생각났다. 생소나무를 부러뜨렸던 그의 가공할 주먹.

그때였다.

"우리 아버지예요. 권 행자님, 제 아버지라고요!"

강 행자가 권 행자를 막아서며 말했다.

상황이 모두를 난감하게 만들었다. 권 행자는 숨이 턱 막혔다.

"죄, 죄송합니다. 죄송합니다."

장 사범과 행자들이 지체 없이 허리를 굽혀 용서를 구했다.

"거시기, 저가 원체 바보 같아서…. 죄, 죄송합니다. 죄송합니다."

권 행자는 생글생글 웃으며 천진난만한 표정을 지었다. 맨머리를 긁적이면서 최대한 자세를 낮춰 굽신거렸다.

강 행자는 그랬다. 네 살 때 아버지가 집을 나갔는데 가족 얘기를 할 때면 그냥 아버지는 돌아가시고 없다고 했단다. 어머니 돌아가시고 몇 달이 지나서 갑자기 어떤 사람이 찾아와 자기가 아버지라고 하니, 그는 그것을 받아들일 수 없었고. 어머니 기일이 다가오면서는 아버지란 사람이 강 행자 어머니 산소 앞에 가게 해 달라고 부탁했다고 한다. 하지만 강 행자는 거부했다는 것이다.

아버지는 산소에 가서 아내 앞에 무릎 꿇고 용서를 빌고자 했다. 그
래서 절에 올 때마다 아버지는 검정 양복 차림이었다.

아버지를 또다시 돌려보낸 강 행자는 저녁 공양을 하지 않았다. 권
행자는 공양을 거른 강 행자를 찾아갔다.

"강 행자님, 거시기 들어가도 될까요?"

"…"

대답이 없자 권 행자는 슬그머니 문을 열었다. 강 행자는 방바닥에
우두커니 앉아 있었다.

"강 행자님, 불러도 대답도 않으시고…. 저녁 공양 안 하실 거예요?"

권 행자가 강 행자 옆에 앉으며 말했다.

"외람된 말씀입니다만, 거시기 한번, 아버지 입장에서 생각해 보시
는 게 어때요?"

"…"

"흐흠, 거시기 제 생각 말씀드려도 될까요?"

"…"

"저는 얼마 전에 아버지를 잃었어요."

무덤덤하던 강 행자의 표정이 조금 바뀌었다.

"저는 아버지 돌아가시고 나서도 거시기 아버지 입장에서 생각해
본 적이 없었어요. 항상 '나'를 중심으로 생각했지 한 번도 '아버지' 중
심으로 생각하지 않았어요. 근데 며칠 전에서야 아버지가 조금 이해

됐어요."

강 행자는 말도 않고 미동도 않았다.

"나는 없다고 여기고 아버지를 중심에 놓고 생각하면, …알겠더라고요."

"…"

"강 행자님, 저 그만 가 볼게요. 이따가 법당에서 봬요."

강 행자는 자세를 고쳐 앉았다.

고래 배 속에서 나온 어부

장 사범은 점심 공양을 한 다음, 날마다 오륜탑이 있는 언덕에 올랐다. 하기야 방 안에 있기 아까운 날씨의 연속이었다.

"이 행자, 오늘은 나보다 먼저 와 있구만!"

이 행자도 장 사범처럼 점심 공양을 하고 나서 거의 매일 언덕에 올랐다. 그는 장 사범보다 먼저 와서 벤치에 앉아 있었다. 장 사범이 이 행자 옆에 앉았다.

"마음에 점 찍고 잠시 쉬기에 여기만큼 좋은 곳이 없어. 그치 않나?"

"네. 요즘에 특히 그래요. 참, 최 법사님 있잖아요?"

문득 이 행자는 궁금한 게 생각났다.

"최 법사님 뭐?"

"⋯아, 아닙니다."

"뭐야? 싱겁기는. 그럼 내가 좀 물어봄세. 이 행자, 요즘에도 꿈속에 고래가 나오나?"

"네, 가끔 나오죠."

이 행자는 무심코 대답한 다음, 바로 장 사범에게 물었다.

"근데, 장 사범님이 그걸 어떻게 아십니까?"

"자네 고래 꿈 꾸는 거? 주지 스님이 전에 한번 말씀하시드만."

"⋯"

"아무튼, 고래 꿈 얘기 좀 해 줘 봐? 난 자네 꿈이 궁금하더라고."

"그게 어떤 꿈은 현실보다 더 현실 같기도 한데, 어떤 것은 금방 잊혀져서요."

"말하고 싶지 않다는 거구만."

"아니, 그게 아니고⋯"

"알아. 농담이야. 그럼 내가 얘기 하나 해 줄까?"

"⋯"

"울산에 전해 내려오는 전설이 있는데."

"전설이요?"

"음, 「고래논」의 전설이라고. 울산 하면 '고래' 아닌가? 반구대 암각화
도 그렇고. 고래섬, 고래바위, 고래산, 고래마을 등등. 울산에는 고래
와 연관된 게 천지삐까리야."

"강 행자! 어머니한테 가시는가?"

오륜탑을 지나 함월산으로 들어가는 강 행자를 보고 장 사범이 크
게 말했다.

"아, 네!"

강 행자의 목소리는 들릴 듯 말 듯 했다. 강 행자 어머니 산소가 저
위, 산 중턱에 있다는 걸 이젠 절집 식구들 모두가 알고 있었다.

"틈만 나면 어머니 산소를 찾더라고. 하여간 부모 돌아가시고 나서
야 가슴 치며 후회하는 게 자식이라니까."

저 멀리 푸른 나무에 가려진 강 행자의 뒷모습을 바라보며 장 사범
이 말했다.

"최 법사님은 특이한 습관이 있는 거 같아요."

이 행자가 다시 최 법사 얘기를 꺼냈다.

"아까 하려던 말이 그거였구만?"

"최 법사님은 수련 지도할 때 항상 시선을 아래에 두더라고요. 아
니…"

"수련 지도할 때만? 최 법사는 시선을 마주치지 않아. 어느 때고 바
닥을 보잖아!"

"아니, 왜 그러신대요?"

"이 행자, 파계가 뭔지 아나?"

"뭐, 대강…."

"그게 뭐냐면, 스님이 계율을 깨뜨리고 중한 죄를 짓는 것인데. 그러면 다섯 가지 허물이 생긴다고 해."

"그럼, 최 법사님이…."

"세상에 허물 없는 사람이 어딨어? 안 그래? 염치가 있으면 되는 거 아닌가! 이 행자, 최 법사님 얘기는 그만하지?"

"아, 네."

"그건 그렇고, 「고래논」 이야기 해 봄세."

장 사범은 신이 나서 자신이 알고 있는 이야기를 이 행자에게 들려주기 시작했다.

"그게 옛날부터 울산 방어진에 전해 내려오는 이야기인데. 거기 북쪽 해안가 마을에 젊은 어부가 한 명 살았었대. 본래 아버지와 단둘이 살았는데 열세 살 어린 나이에 아버지를 잃는 바람에.

열세 살 때, 바다에 나갔던 아버지는 돌아오지 못하고 낡은 고기잡이배만 파도에 밀려왔다는 거야. 소년에게 남겨진 건 낡은 고기잡이배하고 배 안에 있던 아버지가 손수 만든 생선 칼이 전부였지. 그때부터 소년은 아버지 배를 타고 바다에 나간 거야. 근데 맨날 허탕 칠 수밖에. 소년이 무슨 기술이 있겠냐 말이야.

소년의 꿈이 뭐였을 것 같나? 아버지를 앗아간 바다를 떠나고 싶었겠지. 소년의 꿈은 바다를 떠나 기름진 땅에서 논밭을 일구면서 풍요

롭게 사는 거였어. 예나 지금이나 부자 되는 게 사람들 꿈 아니겠나.

세월이 흘러 소년은 청년이 되었어. 누가 봐도 듬직한 어부가 됐지. 어부는 여느 때처럼 바다로 나갔는데 갑자기 바다가 어두워지더래. 그리곤 난데없이 거대한 고래 한 마리가 달려든 거야. 어부는 어쩔 수 없이 그물도 포기하고 있는 힘을 다해 노를 저었어. 달아나려 한 거지. 근데 고래가 순식간에 뒤쫓아 와서 배를 전복시키고 말았어. 배는 부서졌고 어부는 바닷속으로 사라졌지. 고래가 어부를 삼켜 버린 거야.

실신했던 어부가 깨어났을 때 처음엔 자신이 동굴에 있는 줄 알았대. 근데 숨이 막히고 물컹하고 끈적끈적한 바다에서 지독한 악취가 풍겨서. 그것 때문에 자신이 고래 배 속에 갇힌 걸 알게 됐지. 고래 배 속에서 벗어나면 살 수 있을 거란 생각에, 어부는 무언가를 찾으려고 바닥을 더듬었어. 다행히 아버지가 남긴 칼이 어부의 손에 잡혔고 그걸로 고래의 배를 긋기 시작했지. 긋고 또 긋고, 숨이 막히는 상황에서 어부는 죽을힘을 다했어. 그랬더니 뱃가죽이 폭포 소리를 내면서 갈라지더래. 바닷물이 용솟음치며 고래 배 속으로 들어온 거야.

어부는 사력을 다해 뱃가죽을 가르고 바깥으로 탈출하는 데 성공하게 돼. 하지만 간신히 해안가에 올라온 어부는 다시 실신해서 쓰러졌어. 녹초가 됐을 것이고 살았다는 생각에 정신을 놓았겠지. 그로부터 반나절의 시간이 지났을 즈음, 마을 사람들이 어부를 발견했어. 어부가 발견되었을 때 해안가에는 부서진 고기잡이배 파편이 흩어져 있었고 거대한 고래가 죽어 있었대. 정신이 든 어부는 마을 사람들에게 고래 배 속에서 살아 나온 이야기를 했지. 영웅담처럼 말이야.

고래 크기가 웬만한 집 다섯 채만큼이나 컸대. 어마어마한 거지. 어부는 고래를 팔아서 논을 샀고 마을에서는 고래를 팔아서 산 논이라 해서 '고래논'이라 불렀지. 지금도 울산 북구 어물동에 서 마지기쯤 되는 '고래논'이 있어. 이 논은 아무리 가물어도 가뭄을 타지 않고, 아무리 비가 많이 와도 농작물의 생명이 넘치는 일등호답[33]이라고 해. 그렇게 젊은 어부는 꿈을 이뤘지."

이 행자는 단 한 번의 리액션도 하지 않고 이야기에 빨려 들었다. 장사범이 이야기를 풀어내는 방식은 참 감탄스러웠다.

한편 "흥미롭긴 한데, 왜 하필 고래 이야기인지." 이 행자는 자기도 모르게 궁시렁댔다.

---

[33] 일등호답—等好畓: 물을 대기가 좋아 농사짓기에 좋은 논.

단식

아흐레 전이었다.

주지 스님은 장 사범과 행자들에게 7일간의 완전 단식을 명했다. 일 주문 밖에 처자식이 있는 최 법사는 제외됐다. 스님은 그것이 수행의 한 과정이라 했다. 실제로 스님은 오후 불식을 하지 않는 날이 없었고 때때로 사나흘씩 단식을 하곤 했다. 단식하는 동안에도 동국대 출강 과 수련 지도를 평소와 다름없이 했고 절 운영에 대한 일상적인 업무 를 꼼꼼히 살폈다. 스님은 단식한다 하여 활동량을 줄이지 않았다.

먼저 스님은 감식[34]해야 함을 말했다. 그리고 공양 보살에게 감식 식단을 주문했다. 완전 단식에 들어가기 전, '밥 반 공기와 반찬', '밥 반 공기와 국', '죽', '미음'의 순서로 감식을 해 나가야 했다. 감식의 기 간은 3일이었다. 저녁으로 미음을 먹은 다음 날부터 물 이외에 어떤 음식도 입에 대어서는 안 되었다. 완전 단식 기간 동안 선무도 수련과 울력이 없었는데 그나마 그것이 스님의 배려였다.

그렇게 시작된 단식 셋째 날 아침, 스님이 장 사범과 행자들을 방으 로 불렀다. 스님은 검지, 중지, 약지, 세 손가락을 장 사범의 손목에 대 고 진맥을 했다. 한 명 한 명, 차례로 행자들의 맥을 짚었다. 그리고 이렇게 말했다.

---

34 감식減食: 음식의 먹는 양이나 횟수를 줄임.

"공복감이 여러 날 이어지면 물론 괴롭지. 하지만 그것이 사고 능력을 배가시키고 두뇌를 명민하게 하고 눈을 맑게 해. 그러니 공복감에 밤잠을 이루지 못할 때는 가부좌하고 좌선을 해라. 이상하게 들릴지 모르나, 아니 믿기 어려울 테지만, 선정 삼매에 들면 누구라도 만날 수 있다. 만나길 염원한다면. 죽은 사람도 산 사람도. 부처님도 아인슈타인도 돌아가신 부모님도. 그러면 지혜를 얻을 수 있다. 너희들이 직접 경험하길 바란다. 낮에는 방에 누워만 있지 말고 산책해라. 푸른 풀잎을 보고 건드려 보기도 해라. 흙을 밟으며 흙 속에 미미한 알갱이가 서로 부딪히는 소리에 귀를 기울여라. 그럼 먹은 것 하나 없어도 너희가 접촉하는 빛, 공기, 흙, 풀들이 영양과 에너지를 줄 것이다. 먹은 게 없다 하여 일부러 움직임을 줄이려 하지 마라. 그건 머리로 하는 것이 아니다. 몸이 알아서 움직임을 줄이니까 몸을 따라라. 일례로 단식 중에 자신의 목소리가 변하는 것을 보기도 하는데, 그건 몸이 알아서 목소리의 톤과 크기를 조절하는 것이다. 몸의 작은 변화도 놓치지 말고 살펴보아야 한다."

그날 장 사범과 행자들은 시간은 달랐지만 각자 산책을 했다. 이 행자는 저녁 예불을 마치고 경내를 걸었다. 그리고 방에 돌아와 물 한 모금 마시고 일찍 잠을 청했다. 그러나 밤이 깊어질수록 눈이 말똥말똥해졌다. 새벽녘까지 앉았다 눕다를 반복하다가 주지 스님 말대로 가부좌를 하고 수식관[35]을 했다. 그렇게 하니 마음이 안정되고 아랫

---

35 수식관數息觀: 나고 드는 숨을 세어 호흡하는 관법.

배가 따듯해졌다. 아랫배뿐 아니라 몸 전체가 따듯해져서 잠을 청하기에 딱 좋았다. 짧은 시간이나마 깊이 잠들 수 있었다.

넷째 날 새벽 좌선 시간이었다. 주지 스님이 죽비로 좌선 시작을 알렸다. 시간은 새벽 5시. 이 행자가 숨을 한 번 들이쉬고 한 번 내쉬었을 때 스님이 갑자기 죽비를 쳤다. 이 행자는 당황했다. 그는 마음속으로 대중들이 뭘 잘못하여 주지 스님이 할 이야기가 있는 것이려니 생각했다. 그러나 모두 태연했다. 시곗바늘은 6시를 가리키고 있었다. 한 시간이 흘러 버린 것이다. 이 행자만이 당황했다. 깜박 존 것도 아니다. 그렇다고 30분간 들숨을, 또 30분간 날숨을 했을 리도 없었다. 이 행자는 이것이 삼매인가 생각했다. 그날 이후로 자주, 이 행자의 새벽 좌선은 한 번의 들숨과 한 번의 날숨만으로 한 시간이 흘렀다. 무릎과 허리, 등이 거북하여 곤혹스럽기만 했던 새벽 좌선이, 이 행자에게 가장 행복하고 신기한 시간이 된 것은 그즈음부터이다.

다섯째 날, 절에 택배 상자 하나가 배송되었다. 받는 이는 권 행자, 보낸 이는 권 행자의 어머니였다. 권 행자는 종무소에서 택배를 받자마자 그것을 안고 방으로 갔다. 모두가 권 행자를 부러워했다. 특히 강 행자가 그랬다. 그날 권 행자는 산책을 하지 않았다.

여섯째 날 새벽 좌선은 조금 더 특별했다. 이 행자는 자신의 과거와 미래가 혼재된 이미지가 머릿속에서 그려지는 경험을 했다. 마치 TV를 보는 것처럼 생생했다. 한밤중 좌선을 할 때는 과거에 자신이 골굴사에 왔던 적이 있고 수개월간 수련까지 했던 것으로 그려졌다. 좌선은 눈을 감고 TV를 보는 것 같았다. 꿈을 꾸는 것 같기도 했다.

태어나서 일주일이 이렇게 길었던 적이 있을까. 이 행자는 일주일 만에 사계절을 지나온 것 같았다. 7일이 흐른 이른 아침, 주지 스님이 장 사범과 행자들을 스님의 처소로 불렀다. 스님이 한 명 한 명 안색을 살피고 진맥을 했다.

"단식도 중요하지만, 회복식이 더 중요하다. 대부분 수행자들이 회복식에서 실패하는 경우가 많아. 그만큼 회복식이 어렵다. 회복식은 감식의 역순이다. '미음', '죽', '밥 반 공기와 맑은국', '밥 반 공기와 반찬', 그렇게. 공양 보살에게 이야기해 뒀으니 오늘은 미음만 먹도록 해라. 그리고 권 행자는 잠시 남아 있고. 모두 나가 봐."

행자들이 방문을 닫고 신발을 신는데 방 안에서 회초리 소리가 따갑게 들렸다. 나중에 밝혀진 것은, 권 행자는 어머니께 간식거리를 부탁했고 땅콩버터와 소시지를 단식 중에 먹었다는 것이다. 권 행자는 스님의 회초리에 종아리를 맞고 말았다.

"오늘을 얼마나 기다렸는데, 미음이라니. 죽을 맛입니다."
공양간에 들어서며 강 행자가 말했다. 그러자,
"오늘 저녁 공양은 좀 늦게 하자고!"
장 사범이 행자들에게 저녁 공양을 제일 마지막에 하자고 했다. 영문을 알 수 없었지만, 어차피 저녁도 미음이라 일찍 가서 먹으려는 행자들도 없었다.

저녁 공양 시간이 되어 장 사범이 행자들을 하나둘 불러 공양간으로 내려갔다. 공양간에는 공양 보살만이 있을 뿐, 아무도 없었다.

공양 보살이 따뜻한 쌀밥과 뜨끈한 미역국 그리고 빨간 깍두기를 내었다.

"이렇게 먹어도 됩니까? 주지 스님 아시면 야단날 텐데."

임 행자가 입을 가리고 소곤소곤 말했다.

"…"

임 행자의 말에 대꾸하는 이는 없었다.

이 행자는 넘치도록 담은 미역국을 세 그릇이나 먹었다. 장 사범과 다른 행자들도 조용히 밥 한 공기씩 더 먹었다. 그들은 미음을 먹지 않았다.

별똥별

"이 행자님, 행자님 계세요?"

태양이가 저녁 예불 전에 방문을 노크했다.

"그래. 들어와."

"행자님, 덥지 않으세요? 문 열어 놓으셔야죠?"

"태양이 말이 맞다. 열어 놓자!"

벌써 한여름이다. 이 행자는 문득 지난 넉 달이 하루같이 느껴졌다.

"행자님 방에서는 문만 열어도 하늘이 잘 보여요. 내일 새벽에 유성이 떨어진대요. 한 시간에 100개에서 150개 떨어질 거래요."

"넌 그걸 어떻게 아니?"

"보연 보살님한테 들었어요. 보살님이 TV에서 봤대요. 행자님, 별똥별 떨어질 때 소원 빌면 소원이 이뤄지죠?"

"그건 그냥 하는 얘기야. 그런다고 소원이 이뤄지겠니? 빛을 내면서 운석이 떨어지는 일이 흔하지 않으니까 사람들이 지어낸 거지."

이 행자의 말에 태양이 얼굴에서 미소가 사라졌다. 태양이가 가만히 있다가 입을 열었다.

"별똥별이 떨어지는 시간이 되게 짧죠?"

"짧은 게 아니라 순간이지. 찰나에 떨어져. 말 한마디 할 시간도 안 돼."

"행자님은 그 찰나에 소원을 말할 수 있어요?"

"…"

이 행자는 말문이 막혔다.

"행자님, 찰나의 순간에 소원을 말할 수 있으려면 항상 소원을 마음에 새기고 다녀야 하죠? 그런 사람이라야 소원을 빌 수 있는 거죠?"

"어, 그래. 그렇지."

"그럼, 별똥별 떨어질 때 소원 빌면 소원이 이뤄진다는 말 틀린 말 아니네요. 그런 사람 많지 않을 거 같아요."

"그래. 정말 간절한 소망을 간직한 사람만이 말할 수 있겠구나."

이 행자는 전에도 가끔 태양이의 지적 능력을 의심한 적이 있었다. 태양이를 어떻게 받아들여야 할지 헷갈렸다.

'이 자식은 은근 괴물 같아. 잔인함을 숨기고 있는 것 같기도 하고, 다중 인격 같기도 하고, 지적장애가 아니라 지적 우월성이 있는 자식 같기도 하고…'

어쨌거나 태양이의 말에 이 행자는 솔직히 감탄했다.

꿈 VIII

"난 네가 어떻게 된 줄 알았어."

케토가 말했다.

"어떻게 되다니?"

틸리가 물었다.

"죽거나 사라진 줄. 몰라. 기다리고 기다려도 나타나질 않잖아. 도대체 뭐야? 무슨 일 있었어?"

"실은 물속 깊이, 한 번도 내려가 본 적 없는 심연 깊이 내려갔었어. 그곳엔 소리가 나지 않더라고. 한동안 아무런 소리도 없었어. 내가 움직여도. 그러다 어떤 소리가 들렸는데 그건 내가 태어나 처음 듣는 소리였어. 난 뭐라 말할 수 없는 경외감에 휩싸였어. 근데 귀가 먹먹하고 눈이 아팠어. 모든 감각이 마비돼 움직이지 못할 것 같아서 올라왔어. 아직 내 몸이 내 몸 같지 않아. 신경이 마비된 것 같기도 해."

"혹시 전에 내가 말했던, 하늘 높이 올라갔다가 깃털이 녹고 눈이 멀어 버린 친구 얘기 듣고, 그 얘기 듣고 그런 거니?"

"맞아. 알고 싶었어. 난 3,000미터 이상 깊이 잠수해 본 적이 없거든. 깊은 심연의 바다 세계가 궁금했어."

케토는 날개를 접고 움직이지 않았다. 한참 동안 케토가 움직이지 않자 틸리가 물속으로 들어갔다가 하늘을 찌르듯 물 밖으로 솟구쳐 올랐다.

"틸리, 뭐 하는 거야? 말도 없이 갑자기 뭐 하는 거냐고?"

"네가 화난 거 같아서 좀 풀어 주려고…."

틸리는 뻘쭘했는지 말끝을 흐렸다.

"틸리, 엉뚱한 짓 하지 마!"

"알았어. 물 밖으로 점프하지 않을게."

"그거 말고. 물속 깊이 잠수하지 말라고! 진짜 눈이 멀기라도 하면, 신경이 마비되면 어쩌려고 그래?"

"알았어. 명심할게."

틸리의 대답을 듣고 케토는 기분이 풀어졌다.

"사실, 난 꿈 얘기를 하고 싶었어. 지난번에 네가 그랬잖아. 밤하늘을 날아서 동그랗고 커다란 달에 안착하는 게 꿈이라고."

케토가 화제를 바꿨다.

"맞아."

"근데 언제부터 그런 꿈을 꿨어?"

"언제부터냐면…, 수족관에 갇혀 있었을 때부터. 수많은 사람이 지켜보는 데서 나는 계속 물 밖으로 점프해야 했어. 높이 솟아오를수록 더 큰 보상이 따랐거든. 계속 연습하다 보니까 정말 하늘을 날 수 있겠다는 생각이…. 그리고 수족관에서 탈출할 수 있는 유일한 방법이 하늘을 날아오르는 거였어. 하늘을 날 수만 있다면 수족관에서 탈출할 수 있다는 확신이 있었지. 일단은 그때부터 하늘을 나는 꿈을 꿨던 거 같아."

"반대로 나는 너처럼 잠수해서 바다 세계를 헤엄치는 게 꿈인데. 아무리 물속 깊이 잠수하려 해도 이놈의 깃털 때문인지 도무지 되질 않아. 방법을 모르겠어."

"케토, 내 생각 들어 볼래? 요즘 나는 이런 생각을 해. 우리가 꾸는 꿈은 본래 우리의 능력 안에 있다는. 본래 우리가 가지고 있던 능력이라는 거지. 그래서 꿈이 고향 같다, 라는 생각을 했어. 그래서 그렇게 바라고 소망하는지 몰라. 어쩌면 나의 고향은 하늘일지 몰라. 지금보다 훨씬 컸을 지느러미로 날갯짓을 하며 자유롭게 하늘을 날았을 테지. 케토! 너의 조상은 바다에 살았을 거야. 너의 날개는 멋진 지느러미였을 것이고. 누가 알겠어? 그러니 쉼 없이 시도하고 연습하면 넌 어느 순간 바닷속을 마음대로 헤엄치고 있을 거야. 쉼 없이 연습하면 꿈을 이룰 수 있다고. 본래 그런 능력이 너에게 있다는 것을 나는 알아."

8. 기다림

기억상실

4개월 전 어느 날

종무소로 전화 한 통이 걸려 왔다. 이도익의 아내였다. 아내는 골굴사 주지, 적운 스님을 찾았다.

"이게 얼마 만이냐?"

"자주 연락드리지 못해 죄송해요. 스님, 건강하시죠?"

"나야 뭐. 나이가 있으니까. 도익이는?"

적운 스님과 이도익 내외의 인연은 10년을 거슬러 올라간다. 이도익의 아내는 적운 스님과 간단히 안부 인사를 나눈 후, 뜻밖의 이야기를 했다.

"스님, 남편이 기억상실증이에요."

아내는 남편이 어머니 돌아가신 후 줄곧 망연자실한 채 지냈으며, 최근 예상치 못한 일이 일어났다고 했다.

기억상실. 지난 2월 1일쯤 이도익에게 증세가 나타났다. 아내와 딸의 존재도 모른다. 어머니가 돌아가셨다는 사실도 모른다. 대략 과거 10년간의 기억이 완전히 상실된 것 같은데, 영어 교사로 근무한 사실은 조각처럼 기억한다. 아내의 말을 요약하자면 이와 같다. 그리고 입원해 있던 병실에 메모를 남기고 사라졌다는 것이다. 입원해 있는 동안 남편이 입만 열면 경주에 가야 한다고 말했던 터라 이르면 오늘 오후쯤 골굴사에 도착할 것 같다고, 아내는 말했다.

아내는 스님에게 남편을 잘 보살펴 달라는 부탁과 골굴사에 머무는 동안 남편의 기억과 건강이 회복되길 바란다는 말을 덧붙였다. 이야기하는 내내 아내의 목소리에서 허탈함이 묻어났다.

스님은 보연 보살과 포항 정국사 주지, 진목 스님을 급히 골굴사로 불러 들여 그들에게 차를 권했다.

"대충 들어서 이미 알고 있겠지만, 도익이가 기억상실증에 걸려서 지금부터 대략 과거 10년에 대한 기억을 잃어버렸다는데. 참, 마음이… 도익이 아버지가 치매하고 파킨슨병으로 요양원에 있다고 했던 거 같은데?"

적운 스님은 이 행자를 예전부터 '도익'이라 불렀다.

"아버지를 요양원에 모신 지가 한 8년 되는 것 같습니다. 그리고 도익이한테 홀로 지내는 형이 하나 있는데 형도 아프다고 들었습니다. 근래에는 도익이가 형 걱정을 많이 했습니다."

진목 스님이 말했다.

"도익이 형이?"

적운 스님이 물었다.

"네."

"가족이 있을 거 아닌가?"

"도익이 형 말씀이십니까?"

"그래."

"결혼 안 하고 혼자 지낸다고 들었습니다. 우울증 앓은 지가 10년이 훨씬 넘을 겁니다."

"그런 데다 어머니까지… 부모 잃은 자식들이야 다소간의 우울감이 있기 마련이지. 세월이 흘러도 가시지 않아. 시간이 지나며 켜켜이 쌓여 있던 부모에 대한 기억과 여러 감정이 들춰지거든. 어머니가 황망히 돌아가시고 나서, 도익이가 힘에 부쳤군그래. 정신력이 아주 강한 사람인데. 오늘 저녁쯤에 도익이가 절에 들어오지 싶어."

"10년이면, 우리 절에서 행자 생활 했던 것도 모르겠네요, 스님?"

보연 보살이 말했다.

"그럴 거야. 그치만 지난 10년 중에 아주 일부는 기억하는가 봐. 분명한 것은 자기 어머니가 돌아가신 걸 전혀 몰라. 자기 나이도 모르고."

적운 스님이 말했다.

"새해 인사차 도익이하고 통화했을 때 도익이가 자살 유가족 모임에 참여하고 있다고 했습니다. 그때는 우울증도 많이 나아져서 괜찮다고 했었는데…"

진목 스님이 말했다.

진목 스님은 10년 전 이도익이 행자 생활 할 당시 절에서 사범으로 있으며 이도익과 함께 수련했었다. 이도익이 절을 떠난 후로도 그와 자주 왕래하며 형제처럼 지내는 사이였다. 보연 보살 또한 오랫동안 골굴사에서 사무장으로 일한 사람으로, 10년 전 이도익의 행자 생활을 잘 알고 있었다. 지금은 자녀 교육 때문에 잠시 서울에서 자녀들과 함께 지내고 있지만, 곧 골굴사로 들어와 종무소 업무를 볼 예정이었다.

"보연 보살은 금주 중에 서울에서 내려오고. 진목 스님은 어려움이 왜 없겠냐마는 도익이가 기억이 회복될 때까지 여기서 함께 지냈으면 하네. 어려운 일인 줄 알지만, 진목 스님이 같이 지내면 도익이가 기억을 회복하는 데 도움이 되지 않겠냐 말이야. 진목 스님이 10년 전으로 돌아가서 장사범으로 있는 것이지. 나도 10년 전 도익이가 처음 입산했을 때로 돌아가려고 해. 거기까지는 내가 도익이를 위해서⋯ 그리고 기다려 보자고."

적운 스님이 진목 스님에게 부탁했다.

"스님, 외람된 말씀이지만, 저야 어차피 내려와서 일을 하겠지만 진목 스님이 들어와서 지내는 것이 도움이 될지 조심스럽습니다. 또 진목 스님이 주지인데 정국사에 자리를 비우고 우리 절에 들어온다는 게⋯."

보연 보살이 말했다.

"그래, 보연 보살 마음 모르는 바 아니야. 근데 도익이 소식 듣는 순간 내게 떠오르는 생각이 그거였어. 판단의 문제이긴 한데 직관을 따라야 할 때가 있지."

"바로 들어오긴 힘들고 3, 4주 후에 들어오도록 하겠습니다. 그렇지 않아도 이따금 예전 사범 시절이 그리울 때가 있었습니다. 다시 그때로 돌아간다니 감회가 새롭습니다. 정국사는 상좌 스님하고 사무장에게 얼마간 맡기면 됩니다. 또 정국사가 여기서 멀지 않아서 필요할 때 왕래하면 되지 않겠습니까, 스님."

진목 스님은 몇 주 후에 골굴사에 들어오기로 했다.

"도익이는 여러모로 쉼이 필요한 거야. 기억에도 쉼이 필요하지. 성급하게 기억을 회복시키려 하지 말고, 차분히 기다려 보자고. 도익이가 가정을 돌봐야 하는 가장이니 시간이 오래 걸리지 않길 바랄 뿐이네."

적운 스님이 말했다.

이 행자가 입산한 지 넉 달이 지났다. 이 행자는 아직 기억이 돌아오지 않았다. 주지 스님은 진목 스님(장 사범)과 보연 보살을 자신의 처소로 불렀다.

"행자들은 울력 중인가?"

주지 스님이 물었다.

"예, 허물어진 담장을 보수하고 있습니다."

진목 스님이 대답했다.

"도익이는 요즘 어떤 것 같은가?"

주지 스님이 진목 스님과 보연 보살만을 조심스럽게 불러 이도익의 안부를 물은 것이 이번이 처음은 아니었다.

"제가 보기에는 여전히 전혀 기억하지 못하는 것 같습니다."

보연 보살이 말했다.

"7일 완전 단식을 한 후로 뭔가 눈빛이 예전과 달라 보이기는 합니다. 혼란스러움을 감지한 것 같기도 하고요."

진목 스님이 말했다.

"그래. 도익이 아내한테 특별한 연락이 오기 전까지 조금만 더 기다려 주게."

주지 스님이 부탁했다.

"스님, 다음 달에는 제가 정국사에 가 봐야 할 것 같습니다."

"왜 아니겠나? 장 사범, 아니 진목 스님은 벌써 갔어야 하는데. 7월 전에 좋은 소식이 있지 않겠나?"

이상한 꿈

새벽 2시. 이 행자는 잠결에 소릴 질렀다. 숨이 막혔다. 새벽 예불이 시작되려면 아직 두 시간이나 남았다. 꿈속에서 이 행자는 엄마를 보았다.

엄마는 구름을 가르며 낙하했다. 낙하하면서 엄마는 이 행자를 향해 손을 뻗었다. 이 행자는 하늘에 구름처럼 떠 있었다. 이 행자는 엄마의 손을 잡으려 곤두박질쳤다. 엄마는 "도익아! 도익아!" 하며 아들의 이름을 목 놓아 불렀다. 이 행자의 손이 엄마의 손에 거의 닿았을 때 엄마는 투명하고 하얀 물보라를 일으키며 파란 바다에 빠졌다.

엄마는 파란 바닷속으로 가라앉았다. 이 행자를 바라보던 엄마의 눈이 서서히 감기고 "도익아!" 하고 외치던 엄마의 입은 굳게 다물어졌다. 이 행자는 엄마를 쫓아 바닷속 깊이 잠수하기 위해 있는 힘을 다했다. 그러나 이 행자의 몸은 가라앉지 않았다. 아무리 몸부림쳐도 몸은 수면에 머물렀다. 엄마의 손은 이미 멀어졌고 엄마의 모습은 작은 점이 되어 갔다. 이 행자는 "엄마! 엄마!" 소리를 지르려고 했다. 그러나 소리가 입 밖으로 나오지 않았다. 가위에 눌려 소리를 지를 수 없었다. 마침내 입술이 떼어지고 "엄마!" 소리가 질러졌다. 그제야 이 행자는 그것이 꿈이란 걸 깨달았다. 그는 상체를 세워 앉았다. 모든 것이 또렷해지는 순간이었다. 과거가 현재보다 더 또렷하게 다가왔다. 그간 겪었던 기억의 혼란, 데자뷔 현상, 확신과 불확신, 현기증…, 모든 게 허무하게 해소되었다. 그리고….

다음과 같은 기억이 이 행자의 눈과 가슴을 순식간에 관통하고 지나갔다.

'응급실에서 연락이 와서 병원으로 향하며, 엄마가 조금 다치신 줄로만 알았다. 응급실에 도착했을 때, 의사는 심폐 소생술을 시도했으나 4층 빌라 옥상에서 떨어진 엄마의 갈비뼈가 부러지고 장기 파열이 심각하여 심폐 소생술이 소용없었다고 했다. 의사는 흰 천을 덮고 있는 엄마의 양 손목이 골절되었는데 엄마를 확인해 보겠냐고 말했다. 나는 거부했다. 엄마 장례식장에 경찰관 두 명이 찾아왔다. 그들은 사고 지점 주변 차량에서 확보한 블랙박스 영상을 내게 보여 줬다. 엄마가 옥상에서 투신하는 장면이었다. 엄마는 빌라 아래에 주차되어 있던 승용차 지붕 위에 떨어졌다. 영상 속 지나가던 행인이 쿵! 소리에 놀라 폭탄을 피하듯 머리를 감싸며 앞으로 넘어졌다. 나는 나의 엄마가 맞음을 경찰관에게 확인해 주었다. 경찰관은 다시 투신하기 직전의 엄마 모습을 보여 주며 엄마 주변에 누가 있는지 내게 확인해 달라 요청했다. 나는 아무도 없다고 말했다. 경찰은 타살이 아니라는 결론을 확정하려는 것 같았다. 엄마를 이해할 수 없었다. 그러다가 미안한 마음이 들었다. 자식으로서 엄마에게 해 준 게 없었다. 아무것도 없었다. 엄마의 마음을 읽지 못한 것도 미안했다. 엄마가 수면 보조제 과다 복용으로 중환자실에 입원했을 때도 나는 엄마 마음을 읽지 못했었다. 왜 그랬냐, 다시는 그러지 마라, 나의 야단에 엄마는 도리어 자식에게 미안해했다. 엄마가 돌아가신 후 날마다 엄마 생각을 핑계 삼아 술을 마셨다. 기억을 잊으려고 또 기분 전환을 위해 영화를 보러 가면 꼭 투신하는 장면이 영화 속에 있었다. 영화를 볼 수 없었다. 아내의 권유로 자살 유가족 모임에 한 달에 한 번 참석하기 시작했다. 나는 조금씩 나아지는 것 같았다. 그러나 엄마에 대한 어떤 기억이 떠오르면 다시 술을 마셨다. 운전을 하다가 갑자기 울컥해 가슴에 눈물이 흐를 때가 많았다. 그렇게 나는 줄곧 슬픔과 공허함에 취해 지냈다. 엄마의 슬픔을 생각하며 그 슬픔을 조금 알게 되었을 때, 조금 알게 되었을 뿐인데도 난 엄마의 슬픔과 삶을 이겨 낼 수 없었다…'

이 행자는 불을 컸다. 그의 표정에 허탈함이 역력했다. 시간은 새벽 2시. 그는 한참을 우두커니 앉아 있다가 『고래의 시』를 향해 손을 뻗었다. 책을 펴고 무심히 한 줄 한 줄 읽어 내려갔다. 눈물 한 방울이 책장에 떨어졌다.

기다림

너희들을 기다리는 동안 이런 생각을 했어. 기다리는 시간이 행복하다는. 오늘은 무슨 얘기를 들려줄지, 너희들은 어떤 모습으로 내 앞에 나타날지, 너희들과 교감하며 내게 어떤 새로운 생각이 떠오를지, 생각하면서 난 행복했어. 기다리면서 너희들과 나에 대해서만 생각한 것은 아니야. 물살을 느끼고 물고기들의 움직임을 바라보며 당연한 일상의 변화를 감상했지. 즐거웠어. 물살을 평소와 달리 세밀히 느껴 보고 물고기들의 움직임을 더 오래 지켜볼 수 있었지. 그러면서 내 심연의 생각을 살피기도 했고 다른 시각으로 너희들의 모습을 보기도 했지. 기다림 덕분에 말이야. 누군가와의 만남은 기다림을 포함하고 있어.

'기다림'이라는 말을 '열심히'라는 말로 수식할 수 있을까? 열심히 기다리다, 라는 말은 어색하기 짝이 없어. 그냥 무심히 기다리거나 간절한 마음으로 기다리는 게 아닐까. 기다림에는 '시간'과 '믿음'의 의미가 담겨 있지. 내 삶의 많은 문제는 기다림의 시간이 해결해 줬어. 시간이 해결해 준다, 라는 말은 너희들에게도 꽤 익숙한 표현일 거야. 그 말은 우리 고래 사회에서 흔히 쓰는 말이니까.

너희들 누군가를, 무언가를 정말이지 간절한 마음으로 기다려 본 적 있니? 있다면 내 말이 이해될 거야. 기다리는 고래의 마음속엔 일말의 의심이 없어. 단지 '믿음'만이 있을 뿐이지. 그렇게 될 거라는 믿음. 삶의 고난과 어려움이 닥칠 때마다 기다려야 해. 해결하려고 돌진하지 마. 서두르지 말고 기다리며 지켜봐야 한다는 것을 기억해. 기다림은 시간을 의미하고, '믿음'이야. 기다림의 마지막은 결국 행복이라는 것도 기억해 줘.

난 언제까지나 너희들을 기다려.

—『고래의 시』중에서

영동입관

영동입관과 호흡

영동입관은 근골격의 조력으로 호흡을 강화하는 수련법이다. 영동입관의 호흡은 흡식吸息·지식止息·호식呼息, 3단계로 나뉜다. 모든 단계에서 목, 어깨, 등, 가슴에 힘이 들어가서는 안 된다.

흡식·지식·호식 중, 지식 상태에서 두 가지 유념해야 할 것이 있다. 첫째는 항문을 조이는 것이다. 항문을 조인다는 느낌보다는 아랫배 쪽으로 항문을 끌어당기는 느낌이어야 한다. 둘째는 단전에 생기는 압력이 극대화됨을 알고 역량에 맞게 지식의 길이를 조절해야 한다는 것이다. 압력이 극대화되는 것은 숨을 들이쉬며 위에서 아래쪽으로 압력이 가해지고 동시에 항문을 끌어당기면서 아래에서 위쪽으로도 압력이 가해지기 때문이다.

영동입관은 동물의 자세를 본뜬 일곱 가지 동작으로 구성되어 있다. 일곱 가지 독특한 동작은 호흡을 통해 감지되는 기감氣感을 강렬하게 하고 경락을 따라 흐르는 기혈의 흐름을 조화롭게 해 준다.

숨은 아궁이의 불과 같다. 단전을 뜨겁게 한다. 숨이 아궁이의 불이라면 단전은 불에 달궈진 가마솥에 비유될 수 있다. 가마솥 안의 끓는 물은 수련을 통해 단전에 고여 있는 정精에 비유된다. 정직하게 수련하면, 가마솥의 정이 펄펄 끓어 솥뚜껑이 들썩거리다 열리게 되는 것처럼 차크라의

에너지가 발현된다. 그럼 다음 단계의 차크라가 발달하게 되는 것이다.

호흡은 기다림과 같다. 숨을 들이쉴 때도 내쉴 때도 숨이 호흡의 끝에 닿을 때까지 기다려야 한다. 기다리지 못하고 성급히 멈추면 호흡이 깊어지지 않는다. 수련하며 진전이 없다고 실망하지 말고 기다려야 한다. 호흡을 통해 뭔가를 성취하려 하기보다는 성취를 바라지 말고 묵묵히 수련하는 것이 수행의 지름길이다.

— 『대금강문 함월산 선무도 이야기』 '상권' 중에서

오전 수련 말미에 영동입관 수련이 있었다. 영동입관이 끝난 후에는 주지 스님의 호흡에 대한 설명이 이어졌고 스님은 마지막으로 좌관을 하게 했다.

가부좌하고 앉은 이 행자의 눈에서 눈물이 흘렀다.

수련이 끝나고 이 행자는 주지 스님을 찾아뵈었다.

방문 앞에 선 이 행자는 울컥했다. 목이 메었다. "스님, 이 행자입니다!"라는 말이 터지지 않아 그냥 문을 열고 들어갔다.

"…"

"…도익아, 어서 와라."

주지 스님은 문을 열고 들어오는 이 행자의 달라진 눈빛을 보고 "이 행자"가 아니라 "도익"이라는 이름을 불렀다.

이 행자는 스님에게 삼배했다. 무릎 꿇고 이마를 바닥에 대는 이 행자의 눈에서 눈물이 뚝뚝 떨어졌다. 이 행자는 입을 꾹 다물었다. 어떻게든 눈물을 참으려 애썼으나 마음대로 되지 않았다. 스님은 고개를 돌리고 눈을 감았다. 주지 스님은 이 행자가 스스로 마음을 진정시키길 기다렸다.

잠시 후 주지 스님이 말했다.

"도익아, 이렇게 돌아와서 다행이다."

이 행자는 말없이 고개를 떨궜다.

"네 아내한테 너에 대한 소식을 듣고 너를 어떻게 도와줄지 고민이 되었었다. 난 너의 모습 그대로를 받아들이기로 했고 넉 달 동안 네가 돌아오길 기다렸다. 도익아, 이렇게 돌아와서 다행이다. 앞으로 쉬고 싶을 때는 언제든지 여기 골굴사로 오거라. 여긴 네 집이나 다름없다. 그리고…, 어머니는 그만 떠나 보내 드려야 않겠나? 어머니가 편안히 쉬실 수 있도록 말이다."

이 행자의 눈이 뜨거워졌다. 가슴이 먹먹했다. 해가 저물고 밤이 되어서야 먹먹한 가슴이 진정되었다.

꿈 IX

"우리 꽤 오랫동안 같이 지냈다. 그치?"

케토가 하늘을 보며 말했다.

"그래. 꽤 된 것 같아. 잠깐! 설마 이제 나랑 어울리는 게 지루하다거나 재미없다고 말하려는 거니?"

틸리는 조금 긴장했다.

"틸리, 무슨 그런 말을!"

케토는 턱도 없다는 표정을 지었다.

"틸리, 넌 내게 무엇과도 비교할 수 없는 소중한 친구야. 진심이야. 근데, 우리가 언제까지 이렇게 지낼 수 있을까?"

"뭐야? 진짜 떠나기라도 하는 거야?"

틸리가 물었다.

"지난번에 네가 그랬잖아? 쉼 없이 연습하면 꿈을 이룰 수 있다고. 본래 그런 능력이 나한테 있다고. 사실 그때 결심했어."

"…"

"너의 말이 내게 용기를 줬거든. 특히 나한테 바다 세계를 헤엄칠 수 있는 능력이 있음을 '나는 알아!'라고 말하는 너의 단호한 목소리와 눈빛이 나를 그렇게 만들었어. 정말이지 그때 감동적이었어."

"그렇다면 헤엄치는 거 내가 도와줄게. 그냥 같이 지내면 안 돼?"

"내가 떠나려는 데는 이유가 또 하나 있어."

"그게 뭔데?"

"틸리, 너 진짜 모르겠어?"

"모르겠어. 내가 무슨 잘못을 한 거니?"

"아니. 그런 거 아냐. 넌 내게 잘못한 거 없어. 내가 그랬잖아? 넌 무엇과도 비교할 수 없는 소중한 친구라고. 어떤 면에선 나보다 나를 더 잘 아는 친구가 바로 틸리, 너거든."

"근데 왜?"

"누군가에게 꿈과 자신감을 힘껏 불어넣어 주는 이는 그 말을 하는 순간 자신에게도 엄청난 변화가 생기는가 봐!"

"케토, 도대체 무슨 말을 하고 싶은 건데?"

"그때 난 포기하려고 했었어. 깊은 바닷속을 헤엄치는 거 말이야. 근데 아까도 말했지만 네가 내게 용기를 준 거야. 다시 꿈을 꿀 수 있도록. 그렇게 내게 용기의 말을 전하는 너한테도 순간 변화가 생기더라."

"…"

"힘없이 축 처지고 옆으로 쓰러져만 있던 너의 등지느러미! 너의 등지느러미가 팽팽해지더니 꼿꼿하게 세워지는…."

"정말?"

틸리가 자신의 등지느러미에 힘을 주었다. 척추를 따라 흐르는 묵직한 힘이 등 전체에 느껴졌다. 틸리의 등지느러미는 하늘을 향해 돛처럼 솟았다.

"그렇다니까! 틸리, 넌 이제 외톨이가 아냐. 범고래 중에서 넌 완전 돋보여. 동족들하고 어울려 봐! 다른 범고래들이 너를 따르게 될 거야."

"그게 나를 떠나려는 또 다른 이유구나."

"그래."

"그럼, 우리 언제 다시 만날 수 있을까?"

"내가 꿈을 이루면, 네가 꿈을 이루면, 하늘에서 아니면 바닷속에서 만나겠지. 하늘을 나는 고래! 너무 튀지 않니? 바닷속 깊이 잠수하는 갈매기를 네가 몰라보겠냐고?"

"케토!"

틸리가 분기하며 웃음소리를 냈다.

"틸리, 이것도 기억해 줘! 난 아무 때나 불쑥불쑥 예고 없이 너를 찾아올지도 몰라."

이 행자는 잠결에 자신이 꿈을 꾸었음을 인지했다. 그리고 이것이 틸리와 케토를 만나는 마지막 꿈일지 모른다는 생각이 들었다. 이 행자는 눈을 뜨지 않았다.

연대

도량석과 새벽 종성[36]을 임 행자가 도맡아서 차례로 했다. 원래 이번 주 도량석은 이 행자가, 종성은 강 행자가 하고 있었으나 전날 임 행자의 부탁으로 오늘 새벽은 그렇게 되었다.

이 행자만 그런 느낌이었을까. 이 행자만 그랬을지 모른다. 종성을 울리는 임 행자의 목소리가 오늘따라 이 행자의 가슴을 후벼 팠다. "일승원교 대방광불화엄경"부터 이상한 기분이 들더니 종성이 끝날 무렵 이 행자는 울컥하고 말았다. 그 순간 어떤 사건도 모든 면에서 안 좋거나 부정적인 경우는 없다는, 『고래의 시』에 나오는 글귀가 그의 머리를 스쳤다.

'기억상실과 그로 인해 겪은 지난 4개월의 시간은 엄마가 내게 주는 위로일지 모르겠다. 아니 위로를 넘어 보석의 시간이었어. 엄마는 그런 시간을 내게…'

법당에 무릎 꿇고 앉은 이 행자에게 모든 것이 새롭게 느껴졌다. 들이쉬는 공기, 눈앞에 보이는 것, 여기 경주 골굴사에 있다는 것, 이 순간 머릿속에 떠오르는 생각들, 모든 것이 새로웠다.

방에 돌아온 이 행자는 대충 짐을 정리했다. 오전 선무도 수련이 시작되기 전에 주지 스님께 인사드리고 떠날 생각이다.

---

36 새벽 종성鐘聲: 도량석이 끝남과 동시에 종을 치며 하는 게송.

아침 공양을 하는데 보연 보살이 이 행자에게 다가왔다.

"행자님, 주지 스님께서 행자님들 다 같이 보자고 하시네요. 공양하시고 행자님들하고 같이 올라가 보세요."

"네, 알겠습니다. 보살님!"

보연 보살은 아직 이 행자의 기억이 돌아온 것을 모르는 것 같았다.

이 행자는 다른 행자들과 같이 주지 스님께 갔다.

행자들이 주지 스님께 삼배하고 자리에 앉자,

"장 사범은 어젯밤에 포항에 갔다."

스님이 말했다.

행자들의 입 모양은 모두 "아, 그래서…"라고 말하는 것 같았다. 오늘 새벽 예불과 아침 공양을 할 때 장 사범이 보이지 않았는데 행자들은 이제야 이유를 안 것이다.

"임 행자는 오늘 떠난다고 했지?"

"네. 오후에 가족이 온다고 했습니다."

"자네 딸도 오나?"

"네, 아마 그럴 거 같습니다."

임 행자는 오늘 일에 대해 먼저 주지 스님에게 말을 했던 모양이다.

행자들은 임 행자마저 떠난다는 말에 당황한 표정이 역력했다. 그러나 이 행자는 놀라지 않았다. 왜냐면 시기만 몰랐을 뿐 임 행자가 조만간 울산에 있는 가족에게 갈 거란 걸 알고 있었기 때문이다.

"이 행자는 어떻게 할 건가?"

스님의 물음에 이 행자는 바로 대답하지 못했다.

"이 행자, 오늘 서둘러 가 봐야 않겠나? 안 그냐?"

"네, 스님. 그러잖아도 오늘 스님께 인사드리고…."

"그래. 얼른 가 봐야지."

강 행자와 권 행자는 서로 얼굴만 쳐다봤다. 뭘 어떻게 해야 할지 몰라 두 눈을 동그랗게 뜨고. 장 사범이 포항에 갔다는 것도, 임 행자가 떠난다는 얘기도 갑작스러운데 이 행자까지 간다고 하니, 강 행자와 권 행자는 허탈했다.

"임 행자하고 이 행자가 떠나기 전에 자네들한테 해 주고 싶은 말이 있어."

스님이 말했다.

강 행자와 권 행자는 마음이 얼얼하다.

"내가 대중 포교의 한 방편으로 처음 선무도를 지도한 것이 벌써 40년 전이야. 그동안 수많은 출가 사문과 선무도 제자들이 여기 골굴사를 거쳐 갔지. 원래 바람처럼 수행자들이 머물렀다 흘러가는 곳이 절간이니까. 지금까지 얼마나 많은 제자들이 오고 갔는지…."

스님은 잠시 말을 멈추고 문 창호지를 통해 들어오는 햇살을 바라봤다.

"어제부터 내 마음속에, '연결', '연대'라는 단어가 들어오더니 떠나질 않아. 그래서 그 얘길 하려고 자네들을 부른 걸세. 『화엄경』에 '중중무

진연기重重無盡緣起'라는 구절이 있어. 삼라만상, 세계의 모든 존재와 현상은 서로 관련되어 존재한다는 말이지. 개인이란 것이 타인으로부터 혹은 환경에서 분리되어 존재할 수 없거든. 나무 한 그루, 풀 한 포기도 태양, 공기, 흙, 비, 나비, 벌, 그리고 수많은 미생물과 서로 의존하며 푸르게 되고 꽃을 피우지 않나 말이야.

'세상 모든 존재와 현상이 무수한 원인과 조건의 인연에 따라 일어난다는 것을 깨닫고 이를 볼 줄 알면 여래, 즉 불세존을 본다.'라는 부처님 가르침이 있지. 그건 중중무진연기의 깨달음이 얼마나 중한지를 말해 주는 것이야.

난 자네들이 서로 연대하며 지내기를 바라네. 연대라는 말이 한 덩어리로 서로 굳게 뭉쳐 있다는 말이잖아? 오늘은 임 행자하고 이 행자가 떠나지만 강 행자도 권 행자도 언젠가 여길 떠나지 않겠냐? 안 그냐? 난 자네들이 앞으로 어디서 무엇을 하든 서로 연락하고 연대했으면 해. 서로 이로운 영향을 주면서. 얼마나 소중한 인연인가! 자네들은 서로 도반이고 여기 골굴사는 자네들 집이나 마찬가지야. 언제든 와서 수련하고 쉬었다 가게!"

주지 스님은 이야기를 다 한 다음, 행자들을 내보냈다.

강 행자와 권 행자가 주지 스님 방을 나오자마자 번갈아 가며 말을 쏟아 내기 시작했다.

"우리한텐 한마디도 안 하시고!"

"진짜 가시는 겁니까?"

"더 있다 가시면 안 돼요?"

"거시기 무엇보다 저는 마음이 무진장 거시기해요."

"우리 둘만 남겨 두고 다들 떠나면 우린 어쩌란 말입니까?"

"미안합니다. 저는 울산에 사니까, 자주 올게요. 근데 강 행자님! 나중엔 너무 자주 온다고 뭐라 하는 거 아닙니까?"

임 행자가 말했다.

강 행자는 고개를 저었다.

"임 행자님은 밖에 나가시면 뭐 하실 계획이세요?"

이 행자가 물었다.

"저는 내년에 교도관 시험 보려고요."

"아, 네. 이따 오후에 가신다고 하셨죠?"

"네, 가족이 차 가지고 오기로 했어요."

"이 행자님은요?"

강 행자가 끼어들었다.

"밖에 나가면 뭐 할 거냐고요?"

"네."

"우선 예전에 쓰던 책 마무리하려고요."

"와, 책 내시게요? 제목이 뭔데요?"

이번엔 권 행자가 물었다.

"제목은 아직…"

"그럼 무슨 얘긴데요?"

"고래 이야기예요."

"이 행자님, 출간하면 꼭 알려 주세요."

권 행자가 말했다.

"출간될지 모르지만, 된다면 말씀드릴게요."

"저한테도 알려 주세요."

임 행자가 말했다.

"이 행자님, 그럼 언제 가세요?"

강 행자가 물었다.

"일찍 가게요. 내려가서 옷 갈아입고 바로 가야죠."

"이 행자님, 짐 싸는 거 제가 도와드릴까요?"

강 행자가 말했다.

"괜찮아요. 아까 다 했어요. 짐이라 봐야 가방 하난걸요. 아, 최 법사님한테 인사 못 하고 가서 죄송하다고 좀 전해 주실래요?"

강 행자가 고개를 끄덕였다.

이 행자는 방에 들어와 행자복을 잘 개어서 책상 위에 두고, 『고래의 시』를 가방에 마지막으로 넣었다. 그런 다음 가방을 메고 임 행자, 권 행자, 강 행자를 찾아가 차례로 다시 인사했다. 언제 왔는지, 태양이가 이 행자 뒤를 졸졸 따라다녔다.

인사를 하며 이 행자는 권 행자에게 기차 안에서 읽을 만한 책 있으면 한 권 달라는 말을 했다. 권 행자는 기꺼이 『육조 혜능대사』라는 소설책을 주었다. 보기와 달리 마음이 많이 여린 강 행자에게 이 행자는 자기가 쓰고 있던 검은 모자를 벗어 주었다. 넉 달 전 이 행자가 절에 들어올 때 썼던 모자다. 그리고 태양이를 안아 주었다. 말이 많던 태양이가 오늘은 말이 없다.

그렇게 인사를 하고 내려가는데 공양간 앞에서 서성이는 청년 한 명이 눈에 띄었다. 청년은 커다란 스포츠 가방을 어깨에 메고 있었다. 청년과 눈이 마주치자 이 행자는 저절로 미소가 지어졌다.

끝으로 공양 보살과 보연 보살에게 인사를 하고 일주문을 나섰다.

이도익은 한여름인데도 햇살이 뜨겁지 않고 따뜻하게만 느껴졌다. 안동삼거리 버스 정류장에 이르자 마침 저쪽 양북에서 108-1번 버스가 오고 있었다. 버스가 정차하고 문이 열렸다. 이도익은 버스에 오르자마자 바로 맨 앞 좌석에 앉았다.

이도익은 진목 스님에게 문자를 했다.

— 진목 스님, 저 집에 가고 있습니다. 정국사에 들르지 못하고 올라가서 죄송합니다. 다음 달에 찾아뵐게요.

바로 진목 스님의 답 문자가 왔다.

— 장 사범이 아니고 진목 스님이라 부르는 거 보니, 자네 기억이 돌아왔군그래. 주지 스님한테 얘기 들었다. 아무튼, 제수씨한테 안부

전하고 다음 달에 가족들하고 같이 한번 와라.

진목 스님의 문자가 연이어 왔다.

—— 도익아, 감당하기 힘든 무게는 버티지 말고 옆에 좀 내려놓을 줄
알아야 한다.

이도익은 버스 앞 유리창을 통해 들어오는 창밖 풍경을 바라봤다.
눈부신 햇살에 미간이 찌푸려졌으나 이내 눈을 감고 얼굴을 편안하게
했다. 버스 라디오에서 노래가 흘러나왔다. 김동률의 「출발」, 이도익이
좋아하는 노래다. 이도익은 김동률의 노래를 좋아했다.

파편

"⋯내가 자라고 정든 이 거리를
난 가끔 그리워하겠지만

이렇게 나는 떠나네

더 넓은 세상으로…"

라디오에서 흘러나오는 노래가 끝나자 운전기사가 갑자기 버스를 멈췄다. 그러니까 이도익이 버스에 올라탄 지 대략 5분이 지났을 때였다.

"죄송합니다. 잠시 정차하겠습니다."

운전기사는 몇 안 되는 승객들을 향해 말했다. 기사는 하차했다. 바퀴 안쪽을 살피는 것 같았고 버스 후미 엔진 룸을 열었다가 닫았다.

"출발하겠습니다."

잠시 후 기사가 운전석으로 돌아와 앉으며 말했다. 버스는 다시 출발했다.

이도익은 경주 외곽 시골 도로를 바라보며 10년 전 처음 골굴사를 찾았을 때와 지난 4개월의 행자 생활을 떠 올렸다. 자신의 삶을 채웠던 수많은 일과 긴 시간이 한 번의 호흡처럼 짧게 느껴졌다.

'집에 도착하기 전 아내와 두 딸에게 전화도 해야 하고, 도착하면 먼저 예쁜 꽃을 사서 쉼터공원(납골당)에 계신 엄마에게 인사도 해야 한다.'

이도익은 그런 생각을 하면서 잠시 눈을 붙였다. 버스는 화랑고등학교, 범곡, 추원을 지나 덕동교를 통과하고 있었다.

"…브레이크 압이 좀 떨어진 것 같애. 신경 좀 쓰라고! 터미널에 도착하면 제대로 정비 좀 해 줘! 그래, 알았다고, 알았어!"

이도익은 잠결에 들리는 짜증 섞인 운전기사의 목소리 때문에 눈이 떠졌다. 기사는 누군가와 통화했다. 통화가 끝나고 몇 분 뒤,

"어…! 어! 젠장! 안전띠! 안전띠 매세요! 제길!"

운전기사가 황급히 소리쳤다. 버스는 덕동댐 옆 내리막길을 달렸다. 승객들의 아우성이 뒤따랐다. 기사는 사정없이 브레이크를 밟아 댔으나 소용이 없었다. 넋 나간 운전기사의 모습을 보고 어떤 이는 미친 듯 맨 뒷좌석으로 자리를 옮겼다. 어떤 이는 벌벌 떨다, 손에 쥔 휴대폰을 바닥에 떨어뜨렸다. 계속 비명을 지르는 사람도 있었다. 브레이크가 작동하지 않아 가속이 붙은 버스의 속도는 걷잡을 수 없이 빨라졌다. 표정으로 보아 운전대를 부여잡은 기사는 내리막길 끝, 바위 벽에 부딪치기로 마음먹은 것 같았다. 기사에겐 다른 선택지가 없어 보였다. 우측은 덕동댐 수문이 있는 천 길 낭떠러지다.

순간 이도익의 머리를 스치는 것이 있었다.

'삶과 죽음이 내 의지와 무관한 건가. 남겨진 가족…. 버스 앞 유리가 바위 절벽에 부딪친다. 그 찰나의 순간이 이렇게 여유로운 것은 왜일까. 깨진 유리 파편이 하얀 물방울 같다.'

"틸리, 너 정말 하늘을 나는구나!"

케토가 말했다.

"음. 나 멋지게 하늘을 날 수 있어."

"와! 정말 우아하다. 새 중에서도 너만큼 우아하게 하늘을 나는 새는 없을 거야."

"우아하다고?"

"그래. 정말 우아해. 근데 너 어딜 그렇게 가는 거니? 너무 높이 나는 거 아냐?"

"더 높이 날아야 해. 난 지금 달을 향해 가고 있거든."

"진짜 달에 가려고?"

"음. 달에 안착하는 게 내 꿈이잖아."

"그래, 알아. 내 친구 틸리!"

"케토! 내가 달에 안착하면 너는 언제든 날 볼 수 있을 거야. 멀리 떨어져 있을 뿐, 우린 언제나 함께하는 거지."

기억, 망각, 생각, 보고 듣고 말하는 것

만나는 사람과 하는 일, 시시때때로 변하는 감정

과거, 현재, 미래, 꿈, 이별.

모든 것이 서로 분분히 반응하며 화학적 변화를 일으킨다.

그것이 삶이 된다.

파편들이 나를 이루기도,

때로는 내가 티끌만 한 파편이기도 하다.

작가의 말

터널이 항상 어두운 것만은 아니었다.

어둡지 않은 터널을 지나온 것 같다.

터널을 나오니, 새로운 나를 만났고 다시 엄마를 만나게 되었다.

『꿈의 파편』을 마무리하며….

2021년 여름

최도설

저자와의 인연은 20여 년 전으로 거슬러 올라간다. 스승과 제자로 만난 것이 1998년이다. 그런 그가 골굴사와 선무도 이야기를 소재로 소설을 썼다며, 원고를 보내 왔다. 골굴사 주지인 내게 원고를 먼저 보여 드리는 게 예의라 생각했던 모양이다. 제자는 간단한 서평을 바란다, 라는 말을 어렵게 덧붙였다.

스승이 아닌 독자로서 소감을 쓰고자 한다.

우선 글이 쉽게 읽혔다. 여러 날 이야기에 빠져 지냈다. 재밌게 소설을 읽은 게 얼마 만인지 모르겠다. 제자의 말대로 골굴사의 일상과 선무도 이야기가 책에 담겨 있었다.

그러나 내겐 책 속의 책『고래의 시』와 동화 같은 범고래 틸리와 갈매기 케토의 '꿈' 이야기가 참 인상 깊었다. 고독, 만남, 그리움, 교감, 자유, 기다림 등의 키워드로 이야기를 풀어 간 것도 훌륭했다.

『꿈의 파편』을 읽으며 자주 책을 덮고 사색에 잠겼던 것 같다. 짙은 여운이 남는다. 마지막 페이지를 넘기며 내 마음을 관통하는 생각은 어머니의 부재, 어머니에 대한 그리움이었다. 거의 반세기 전 세속의 인연을 끊은, 출가 사문인 나조차도 그러했으니….

『꿈의 파편』이 수많은 대중 사이를 여행하길, 독자들이 『꿈의 파편』의 진한 여운에 감동하길 기원한다. 평론가가 아닌 소승의 평이 『꿈의 파편』을 만나는 독자들에게 해가 되지 않길 바라며, 이야기꾼이 되어 버린 제자의 앞날을 진심으로 축원한다.

세계선무도총연맹 총재 적운 합장